Insoupçonnable ?

Jacky Ricart

Insoupçonnable ?

Roman

LE LYS BLEU
ÉDITIONS

Du même auteur

Le tueur à lame sensible,
Éditions du Lys Bleu, 2019

Les turbulences d'un amoureux,
Éditions Sydney Laurent, 2020

« Là où il n'y a point d'amour, il n'y a point de jalousie. »
(Tévérino)

George Sand

Chapitre 1

Elle marche à grands pas, manque de trébucher. Elle n'a pas l'habitude de porter des escarpins avec des talons aussi hauts. Il l'a retenue trop longtemps, ce vieux con, et maintenant il fait nuit. Deux-cent-cinquante euros pour passer une soirée avec ce radoteur, ça use. Elle s'était laissé faire, il avait accompli péniblement sa petite affaire mais avait souhaité ensuite entretenir une discussion philosophique sur le mal et le bien en matière de relation amoureuse. « Bien sûr qu'il aimait sa femme, bien sûr qu'il la respectait, mais en dehors de cela, l'attirance qu'elle provoquait autrefois n'était plus pareille » En fait, il tenait surtout à ce que Virginie l'approuve, le réconforte dans ses propos, qu'elle le rassure sur son attitude déloyale, et qu'elle excuse avec empathie son infidélité. Pour avoir la paix, elle a convenu comme lui que c'était inévitable à cet âge-là, et qu'elle était là pour pallier la carence bien compréhensible de son épouse, pour satisfaire ses désirs et que c'était souvent le cas pour beaucoup d'hommes de son âge. En fait, elle pense surtout qu'il n'était qu'un petit salaud vis-à-vis de sa conjointe.

Mais bon, elle était là surtout pour le fric, le fric, le fric, rien que le fric…

Vingt-deux ans, très belle fille, bien faite de corps et d'esprit, il lui fallait de l'argent pour finir ses études. Il ne s'est pas regardé ce monsieur Gérard Pavet, avec sa petite taille, ses cheveux gris, ses épais sourcils broussailleux et sa petite bedaine. Pas étonnant que son épouse, elle aussi, ne soit pas emballée pour satisfaire son mari et entendre des ahanements inquiétants. N'allait-il pas mourir ainsi un jour ? Un effort qui serait trop violent pour lui à son âge ? Souffler ainsi, c'est préoccupant ! Elle ne veut pas être la Marguerite Steinheil[1] de Maître Pavet. Deux-cent-cinquante euros, avec un tel risque et de tels efforts, c'est cadeau.

De surcroît, l'homme a des idées bizarres. Il demande souvent à Virginie de ne garder que son string et d'enfiler une tenue d'avocat. Elle se présente ainsi devant lui, uniquement couverte de la toge, et le cou cerné de l'épitoge. Il se complaît par la suite à lui soulever cette robe pour la prendre assez sauvagement, en levrette, en écartant le tissu de son string. Dès le début, Virginie contrainte de se déguiser ainsi s'en était étonnée.

— Je te demande cela car ainsi j'ai l'impression de prendre les petites avocates stagiaires du barreau où j'exerce. Je les imagine fréquemment nues sous leurs toges. Je sais, ce n'est pas très malin, mais c'est mon vice, et puis pour toi, ça ne change rien, n'est-ce pas ?

Non seulement il fait presque nuit, mais ses pieds lui font mal et il commence à pleuvoir. Ce mois de mai 2017 est plutôt triste. Elle hèle un taxi salutaire et se fait reconduire dans son studio de la rue Sainte-Barbe, distant d'un kilomètre. Il est 21 heures 20, encore quelques révisions, et au lit. Demain la fac, avec un contrôle en droit civil, et ce n'est pas la matière qu'elle préfère mais il y a pire, c'est le droit des affaires.

---

[1] Maîtresse de Félix Faure

Elle le sait, ce qu'elle fait est peu ragoûtant, mais par nécessité elle est devenue comme certaine de ses amies, une étudiante qui se prostitue. C'est Alexandra qui lui avait donné la combine. Pour se faire de l'argent, il suffit de communiquer son numéro de portable sur internet en se proposant comme femme de ménage, avec une mention codée. Les amateurs de rencontres charnelles connaissent cette astuce, mais attention. Une précaution impérative s'impose : ne pas y aller seule la première fois, et savoir à qui on a affaire ! C'est Alexandra qui l'avait tout d'abord accompagnée, avant de la livrer aux clients, une fois rassurée.

Virginie se contente de trois habitués, l'avocat, un écrivain, et un médecin dermatologue.

Deux-cent-cinquante euros, et quelquefois plus à chaque sacrifice, à raison de deux à trois fois par mois, et pour un total d'environ mille sept cents à mille-neuf-cents euros, cela constitue une somme bien suffisante pour assurer son train de vie et la location de son studio. Elle ne cherche pas d'autres clients, ces trois types assez bourgeois, et dont elle connaît bien les identités, les adresses, mais aussi leurs perversions, lui suffisent amplement. Elle se sent en sécurité avec ces trois messieurs. Elle pourrait gagner davantage, dénicher d'autres clients, mais se refuse à accroître cette activité, que finalement elle trouve répugnante. Virginie a un défaut majeur. Elle est dépensière. Elle raffole surtout d'acheter des fringues, des chaussures, et non pas de bas de gamme, mais de marque. Les placards de son studio regorgent de vêtements et de chaussures, dont certains n'ont encore jamais été utilisés. Elle privilégie les tenues, mais aussi les produits de maquillage et les parfums, aux dépens de la nourriture.

Elle n'a plus que sa mère, et celle-ci est bien incapable de l'aider financièrement, de lui payer la location de son petit studio de Lille, ainsi que la nourriture et les habits nécessaires. Madame Delattre exerce la fonction d'agent hospitalier et son maigre salaire est rapidement avalé par son propre loyer, les frais de nourriture, de chauffage et d'eau. Elle a encore deux autres enfants âgés de seize et treize ans à charge. Alors, à contrecœur, il a bien fallu s'y résoudre, elle se prostituera. Après tout, ce n'est que pour deux ans, au pire.

Gérard Pavet est celui qui l'écœure le plus. Il souffle fort dans le haut de son dos et de son cou, quand il est derrière elle, et surtout quand il lui fait face, il émet une mauvaise haleine, insupportable. Cet avocat en fin de carrière, exige de la rencontrer deux à trois fois par mois dans une chambre d'hôtel, muni d'une petite valise contenant la tenue vestimentaire de ses fantasmes. Virginie se demande si elle pourra supporter encore longtemps le contact avec cet homme de soixante-et-un ans, prétentieux et fier de ses discours, de ses recommandations professorales. « Voyons, il s'y connaît, il est avocat, alors le droit, n'est-ce pas ? C'est son truc ». Donc, après sa charitable et pénible mission, elle s'oblige à écouter les conseils du Maître. Conseils dont elle n'a que faire, car à ces moments-là, son seul objectif est de quitter les lieux au plus vite. Mais ce soir, il a traîné le bougre, c'en était devenu agaçant.

Le revoir, elle ne sait pas. C'est dur, pénible, humiliant, mais quand même cinq ou sept-cents euros par mois, quelquefois davantage, c'est presque le prix de son loyer, alors…

Elle n'aime pas ce qu'elle fait, elle sait que non seulement sa mission est immorale mais aussi pénalement répréhensible par la loi. Elle est bien placée pour le savoir : la prostitution est interdite en France, et dorénavant, même les clients encourent la sanction d'une amende conséquente.

Elle sait aussi que cela ne lui permet pas d'avoir une liaison amoureuse sérieuse avec un garçon de son âge. Elle est pourtant fort courtisée à la fac, mais aussi dans tous les lieux qu'elle fréquente.

Elle est très jolie, dispose des proportions féminines idéales, offre un joli visage avec de magnifiques yeux verts et arbore une longue chevelure châtain clair. Les invitations et propositions affluent, sans succès, elle s'y refuse. Elle a choisi d'attendre l'obtention de son master avant d'abandonner son activité coupable et se laisser aller à des aventures vraiment désirées.

Assise à la seule petite table de son petit logement, la lampe braquée sur son livre de droit, elle s'évertue une fois de plus à retenir les textes relatifs au droit constitutionnel. Ce sera le sujet du contrôle du lendemain et il faut absolument qu'elle obtienne une bonne appréciation. Elle ne peut pas se permettre de perdre du temps. L'année prochaine, il faudra qu'elle soit apte à passer et réussir le master en droit qui lui ouvrira enfin les portes d'un métier. Elle ne se fait aucun doute pour la licence. Les trois années passées après le bac ont été appréciées par les enseignants, elle aura sa licence sans problème. L'année prochaine, deux semestres supplémentaires devraient lui permettre d'obtenir son master, mais il faut bosser. Quant au doctorat, elle y pensera plus tard. Ce n'est qu'à deux heures du matin qu'elle consent à se mettre au lit. Elle n'avait même pas songé un instant à se restaurer, elle n'avait à aucun moment était tenaillée par la faim.

Le lendemain, Virginie Delattre exécuta l'épreuve avec beaucoup d'aisance. C'est fort satisfait que ses amis et elle rejoignent leur bar habituel, pour consommer et échanger leurs avis sur l'examen qu'ils venaient de subir, qu'ils soient comblés ou déçus.

******

Maître Pavet emmène deux stagiaires à Douai. Il doit plaider la cause d'un client, un homme coupable d'avoir porté six coups de couteau à son épouse lors d'une dispute conjugale. La femme était aussitôt morte de ses blessures. Il n'est pas facile d'assumer la défense de cet individu un peu rustre, qui de plus, n'a jamais exprimé le moindre remords sur son acte. Les deux futurs avocats qui l'accompagnent à la Cour d'assises feront partie de l'assistance. Installés dans la salle, ils pourront ainsi apprécier la manière utilisée par le Maître, pour défendre l'indéfendable. Pavet est sûr de lui. Il ne pourra pas éviter la prison, c'est évident, mais il s'évertuera à obtenir une peine inférieure à dix ans, en tous les cas, c'est ce qu'il annonce à ses deux compagnons de route : une jeune femme assez quelconque, et un jeune homme à l'allure d'un adolescent.

— Vous verrez, ce type est vraiment un salopard. Le défendre ne sera pas simple, il est presque fier de son crime. Mais j'ai des arguments, vous verrez. Ce sera une bonne leçon pour vous.

Les deux jeunes gens écoutent, ne disent rien. Ils semblent impressionnés par l'assurance du Maître. Ce dernier jette un regard sur la banquette arrière de la voiture sur laquelle se trouve la jeune femme. En son for intérieur, il admet que ce n'est pas cette stagiaire-là qui peut l'émoustiller, il aurait préféré en emmener deux autres, deux jolies femmes qu'il imagine sous la toge de Virginie.

Bien sûr, Virginie est de loin la plus jolie, la mieux « roulée », mais c'est la tenue qui l'excite, qui parvient à le faire bander davantage. « Baiser une consœur, une avocate, pardi ! C'est le pied ».

Le palais de justice est envahi par les journalistes, certains tentent d'apostropher l'avocat sur l'affaire. Pavet demeure impassible, muet, et se refuse à tout commentaire. Là encore par son comportement, il fascine les deux stagiaires. Le crime commis par Martin Coulart avait été médiatisé outrageusement car l'épouse poignardée était au moment des faits, enceinte d'un peu plus de six mois. Pour beaucoup, le tueur était responsable non pas d'un, mais de deux crimes. L'avocat en est conscient et s'attend à un procès difficile. Deux jours de procès sont prévus, il faudra attendre le lendemain pour connaître la sentence.

Le lendemain, Pavet intervient avec éloquence et déploiement exagéré de jeu de manches pour séduire l'assistance.

« Son client a eu une enfance difficile, un père alcoolique et brutal. Il n'avait reçu que des coups, mais pas la moindre affection, la moindre tendresse de son père, mais aussi et surtout venant de sa mère. Il était comme rejeté par le couple, ignoré, et laissé en errance auprès des voyous de son quartier. Lors des faits, son épouse s'était fâchée pour des broutilles, alors qu'ils étaient dans la cuisine. Elle lui reprochait d'avoir dépensé de l'argent pour l'achat d'un jeu "Nintendo foot FIFA" alors qu'ils ont beaucoup de difficulté à finir le mois. Elle s'était emballée, s'était mise en furie et lui avait jeté une casserole pleine d'eau presque bouillante à la figure.

Repoussée une première fois, elle était revenue à la charge une seconde fois, et tentait cette fois de lui casser une bouteille sur la tête. Pour se défendre, instinctivement, sous l'effet de la rage, il avait saisi un couteau de cuisine à portée de main et l'avait poignardée à plusieurs reprises ».

D'après l'avocat, il est clair qu'il n'y avait pas préméditation, et qu'on n'était pas loin de la légitime défense. Les sifflets de la salle n'ont pas ému Pavet qui, sans vergogne, implora la générosité des jurés et des magistrats en requérant une peine minimale pour son client.

Martin Coulart fut condamné à dix-huit ans de prison ferme.

Sur le retour, Maître Pavet transformait son demi-échec en assurant à ses accompagnateurs qu'avec une bonne conduite et les réductions de peine, Coulart sortirait avant dix ans.

Après avoir déposé ses passagers, Maître Pavet s'empressa de rejoindre à 20 heures son club : le « Rotary club » de Lille. Il y a presque deux ans, le docteur Ludwyk Michalak, spécialisé en dermatologie et membre du club, lui avait communiqué les références téléphoniques de Virginie Delattre, en précisant que moyennant finance « il aurait beaucoup de plaisir à s'amuser avec cette beauté ».

Depuis, Pavet reçoit deux à trois fois par mois Virginie dans des hôtels toujours différents, et a introduit son jeu pervers de déguisement dans leur relation.

Ces fois-là, il rentre chez lui assez tard en prétextant une réunion au club plus prolongée que d'ordinaire. Bien sûr, Madame Pavet n'est ni dupe ni naïve, elle se doute que son mari « va aux putes », mais cela ne la dérange pas. Après tout, si d'autres veulent bien faire ce sale boulot à sa place, pourquoi pas ? Ça l'arrange. Elle écoute de façon distraite le résumé de l'audience de la cour d'assises de Douai, et le discours lyrique utilisé par son mari. Elle ne s'y intéresse pas vraiment et attend patiemment la fin de son bavardage. Elle le connaît bien, il est tellement imbu de sa personne qu'il est persuadé que tout le monde l'écoute, comme subjugué par ses propos.

Son grand bonheur à elle, est d'avoir à s'occuper de temps à autre de ses trois petits enfants âgés de deux à neuf ans. Comme la plupart des grand-mères, elle les bichonne et les gâte comme elle ne l'a jamais fait pour ses propres enfants.

******

Le docteur Ludwyk Michalak s'est spécialisé en dermatologie voilà maintenant près de trente ans. Membre actif du « Rotary club », il ne rate pratiquement aucune réunion et s'enchante de pouvoir y retrouver ses meilleurs amis. Les projets d'actions caritatives sont très souvent de son initiative.

C'est lui qui a fourni les coordonnées de Virginie à Pavet et Chanerval, et encore à d'autres membres. Il sait par Virginie que les deux hommes cités lui sont suffisants, elle ne veut plus être contactée par d'autres. Elle lui avait fait comprendre que ce n'était pas un métier, mais une obligation passagère. Michalak obéit à son désidérata et ne communique plus ses coordonnées. Il en est de même pour Chanerval et Pavet, lesquels ne sont pas mécontents de ne pas avoir à la partager davantage.

Le dermatologue ne se complique pas la tâche avec Virginie. Il la reçoit le soir, un peu comme sa dernière patiente, dans son cabinet. Il est très courtois avec elle, et quand il exprime le besoin de la voir, il se confond en excuses, et demande à plusieurs reprises si cela ne l'ennuie pas. Virginie sait que l'homme est généreux, gentil, et pas exigeant. Michalak est blasé par son boulot. Observer les maladies de la peau toute la journée : de vilaines choses comme les herpès, les zonas, les acnés virulentes et aussi les érysipèles souvent contagieux, brûler les verrues mal placées, quelquefois sur les parties génitales, sont des soins et actes qu'il répète à longueur de journée, et qui ont fini par le lasser. Le pire est les mélanomes malins parfois synonymes de cancer, et les carcinomes moins dangereux. Il a une secrétaire qui quitte habituellement le bureau bien avant lui. Il se charge alors de la fermeture des locaux, qu'il partage avec deux autres médecins. Après s'être assuré du départ de celles-ci, le docteur appelle Virginie qui peut enfin le rejoindre.

Michalak est marié. Son épouse est médecin pédiatre et exerce au Centre hospitalier de Lille. Les revenus du couple sont importants, et chacun dispose de son propre compte. Madame Michalak ne sait pas ce que dépense son mari pour la jeune étudiante, elle ne se mêle pas de son budget. Il ne reçoit Virginie que deux fois par mois, et quelquefois moins, mais elle ressort toujours avec la somme rondelette de trois-cents ou trois-cent-cinquante euros en liquide.

Leurs rapports sont assez rituels et se passent toujours de la même façon. La vision et l'analyse scrupuleuse de tant d'imperfections, des vilaines infections sur la peau de ses patients, font que le médecin se régale à observer de près la peau parfaite de Virginie, allongée toute nue sur sa table d'auscultation. Elle a un grain de peau très fin, une peau douce, lisse et sans défaut.

Ce professionnel a remarqué un unique et petit grain de beauté de couleur brune, sous le sein gauche, d'à peine deux millimètres de diamètre, qui ne gâche rien à la beauté de l'enveloppe de la dame. Ce grain de beauté, qu'il nomme « naevus » pour les autres, le ravit. Pour lui, il s'agit d'une minuscule petite faille qui fait qu'il n'est pas dans un l'irréel, mais dans la normalité. En fin de compte, à ses yeux de professionnel, ce petit grain fait que la jeune femme est bien naturelle. Il complimente exagérément par des mots choisis, sa ravissante visiteuse sur sa plastique de rêve. Virginie ne dit rien, elle sait bien qu'elle n'est pas parfaite, qu'elle aimerait bien être un peu moins fessue, mais ne contredit pas le médecin et le laisse à son délire.

Il la caresse partout et doucement, en prenant son temps. Après s'être extasié sur la beauté de ses seins, la douceur de ses cuisses, la finesse de son visage, il lui demande de se retourner afin qu'il puisse aussi profiter du joli fessier, de sa chute de rein, du dos et de la nuque de la demoiselle.

Il n'y a aucune pénétration de sa part, jamais le médecin n'a tenté de faire l'amour à Virginie. Il lui demande parfois, si elle y consent bien sûr, de le masturber, quand il le peut, car parfois, malgré les efforts de Virginie, son sexe reste flasque et il s'en excuse. En fait, ce n'est pas un client ordinaire, l'homme est un contemplatif, un esthète, un amoureux du beau, admiratif en cette occasion de la beauté du corps d'une femme. Nul doute que si cet homme avait été peintre, il n'aurait fait que des nus. Il aurait peint des femmes nues à longueur de journée, non pas de manière lubrique, mais uniquement pour son goût prononcé de l'esthétisme.

Virginie sort du cabinet du dermatologue avec trois-cent-cinquante euros en poche. Elle voudrait bien que ses deux autres clients soient comme le docteur, mais avec Pavet et Chanerval, il faut qu'elle se donne davantage, et cela la répugne. Le besoin impératif d'argent domine et chasse ses répulsions. Elle espère en finir au plus vite, vivre une vie de jeune femme normale, ne se donner que par amour.

Ses pensées sont interrompues par un appel. Elle extrait le mobile de son sac à main et voit sur l'écran apparaître le prénom « Phil ». En fait, il s'agit de Philippe Chanerval. Il lui demande de bien vouloir passer chez lui. Il est seul, son épouse est allée comme souvent à Amiens voir sa mère, et ne rentrera que le lendemain. Virginie refuse, ce n'est pas une girouette que l'on sonne selon les disponibilités de ces messieurs. D'ailleurs, elle a prévu de rejoindre Alexandra dans une brasserie de la ville, proche de la rue de Béthune. Chanerval, semblant un peu vexé, coupe nerveusement la communication.

Virginie ne s'en fait pas, ce client n'est pas perdu, elle sait qu'il reviendra à la charge bientôt. À la prochaine sortie de sa femme, il lui fera appel, c'est certain.

******

— Je suis désolé Philippe, mais tu m'avais promis la transmission de ton roman avant la fin du mois de juin.

— Cela me paraît difficile, je suis à court d'idées. Si on remettait ça à septembre, Serge ?

— Tu m'emmerdes ! on a un contrat. Au départ, c'était pour fin mars, puis fin juin et maintenant septembre. Tu te fous du monde. Démerde-toi, sinon tu sauras ce qu'est une rupture de contrat avec mes avocats.

— Oh, Serge !

L'éditeur a subitement mis fin à la conversation téléphonique.

Philippe Chanerval est écrivain, disons plutôt romancier. Il y a sept ans, il avait sorti un excellent livre « L'importance des mots doux » qui lui avait valu un gros succès. Près de quatre-vingt mille ventes en version papier, et autant sur le net. Six mois plus tard, il signait un second livre, nettement moins bien écrit, un peu insipide mais davantage commandé et acheté en magasin, ou sur les sites internet. Il contait une histoire d'amour un peu à l'eau de rose, avec une écriture et un phrasé simples, mais ce roman avait ravi beaucoup de lecteurs, surtout des femmes.

Ce roman « une femme humiliée » avait beaucoup plu, et s'était très bien vendu, ce qui incita l'écrivain à réitérer dans le même genre. Son grand ami, l'éditeur Serge Corrion, patron de la maison appelé depuis peu « le clavier averti » (pour faire moderne, et se rapprocher du mot azerty), et anciennement la « plume avertie », l'encourageait à persévérer dans cette voie, avec en perspective des ventes très lucratives pour la maison, et pour l'auteur.

Aujourd'hui, Philippe Chanerval n'en finit pas de terminer son sixième roman, et ne peut assurer le contrat juteux signé avec son ami. En fait, il écrit contre sa nature. Le roman d'amour n'est pas sa tasse de thé, il l'avait fait pour l'argent mais maintenant il n'y arrive plus. Pourtant, il sait que la gent féminine, surtout celle qu'on appelle « la ménagère de cinquante ans », attend la sortie du dernier Chanerval ; un nouveau roman d'amour ; un récit pétri de bons et beaux sentiments, conclu par une fin heureuse. Une histoire qui doit obligatoirement bien se terminer, car il faut toujours laisser le lecteur de ce genre de romans, sur une bonne impression.

Il est marié depuis une quinzaine d'années à Marina. Tous deux sont quinquagénaires depuis cette annéc 2017. Ils vivent en bonne entente, et s'accordent à ne pas empiéter abusivement sur la vie de l'un ou de l'autre.

Marina est correctrice professionnelle. Ancienne professeure de Français, elle est imbattable en orthographe et en grammaire. Elle possède un site internet ou les particuliers, écrivains en tous genres, peuvent bénéficier de son concours, contre rémunération. Elle est également employée par quelques maisons d'édition mais pas celle de Serge « le clavier averti ». Jamais elle ne corrige les textes de son mari, d'autant plus qu'elle estime que ses derniers romans ne méritent aucun intérêt, même s'ils se vendent très bien. De toute manière, c'est un accord tacite, elle ne veut pas se mêler de son métier.

Marina est une femme élégante, toujours justement maquillée et attentive à son physique.

Elle a gardé la ligne, a un visage agréable, et plaît encore beaucoup aux hommes. Elle a un caractère bien trempé et vit sa vie comme elle l'entend. Native d'Amiens, elle s'y rend régulièrement pour rendre visite à sa mère, veuve, vivant seule, et âgée de quatre-vingt-trois ans.

Elle prend la route à peu près deux fois par mois, s'assure que tout va bien pour sa maman et en profite pour revoir les lieux de sa jeunesse, flâner dans les rues de la ville. Elle a toujours aimé cette cité, et est très fière que, depuis quelques mois, l'état Français soit dirigé par un Amiénois. Elle non plus ne voulait plus entendre parler de droite ni de gauche. Elle avait réussi à convaincre Philippe pourtant éloigné de la politique, et sa mère de voter pour Emmanuel Macron. « Un candidat jeune, volontaire et intelligent », disait-elle. De surcroît, souvent, pour elle, ou pour des cadeaux, elle s'était souvent rendue à la chocolaterie des parents de Brigitte, l'épouse du président. C'est presque une amie de sa famille qui se trouve à l'Élysée maintenant, et aussi, comme elle, une prof de français. Fini les vieux machins, ces Rastignac d'Auvergne ou de Corrèze, montée à Paris pour se la couler douce. « Un président Amiénois… donc, un bon… voilà », se flatte son esprit cocardier.

Elle connaît cette ville par cœur, mieux encore que Lille où elle vit depuis son mariage avec Philippe.

Philippe est un peu le contraire de son épouse. Plus pondéré, il n'a pas un caractère affirmé. Il se réfugie souvent dans le consensus, évite les conflits et ne cherche jamais querelle à son épouse.

Cinquante-et-un ans, un début de calvitie frontale précédant des cheveux courts grisonnants, de taille moyenne, il se surprend de constater un petit embonpoint au niveau du ventre, et s'efforce de le rentrer quand il est en présence de charmantes compagnies. Au bout d'un moment, il n'y pense plus, il oublie, et de toutes les façons il n'a pas les muscles de la ceinture abdominale suffisants pour tenir longtemps. Il attache beaucoup d'importance à ses tenues vestimentaires, dépense beaucoup d'argent dans les magasins de luxe. Son aisance financière lui permet aussi de se payer les faveurs d'une jeune femme étudiante qu'il reçoit avec plaisir, lorsque sa femme rend visite à sa mère.

Ce soir, Philippe est un peu contrarié par la réponse que vient de lui faire Virginie, il espérait une soirée de détente avec la jeune femme. Ce sera une simple soirée télé. Il a, lui aussi son petit caprice quand il reçoit Virginie. Il tient à ce qu'elle porte des dessous affriolants, et à cet effet, il lui a acheté, à sa taille, le soutien-gorge, la culotte, le porte-jarretelles et les bas, les plus chics. L'ensemble de couleur carmin, garni de bordures en dentelle noire est caché chez lui. Elle ne voulait pas venir chez lui avec ça à chaque fois, il a donc dissimulé un petit carton contenant ces dessous, derrière une trappe qui donne accès au grenier, sachant qu'il faut un escabeau pour atteindre cet endroit. Marina ne soulèvera jamais cette trappe, elle a trop peur des bêtes qui pourraient y gîter et vadrouiller dans le grenier, et surtout des araignées qui pourraient lui tomber sur la tête. À chaque visite de l'étudiante, il ressort le carton et le remet en place après son départ.

Il adore la voir déambuler dans cette tenue. L'exciter ainsi, affublée de cette lingerie fine, pour finalement lui enlever lentement le tout, pièce par pièce, puis la prendre sauvagement. Finalement, elle ne viendra pas et ce ne sera pas une soirée télé, non plus.

Il lui vient des tas d'idées qu'il va immédiatement reproduire dans le texte de son roman en cours. Il l'aura son bouquin, Serge, et dans les temps. L'homme et la femme qu'il a créés dans son récit, sont follement amoureux malgré des origines diamétralement opposées, l'une très riche, l'autre très pauvre, mais vont enfin pouvoir se marier en dépit de l'opposition parentale de la fille. Ils ne pourront pas avoir d'enfant, et devront avoir recours à la PMA (procréation médicalement assistée), auront un superbe bébé qui mettra tout le monde d'accord. Parents et grands-parents seront enchantés devant ce ravissant nouveau venu, et tout finira bien dans le meilleur des mondes. Voilà, Philippe tient bien son roman à l'eau de rose.

Son éditeur, ami, néanmoins menaçant, aura tout ça avant la fin du mois de juin.

******

Bientôt, la fin de l'année pour Virginie, la licence en droit est toute proche. Elle n'a aucun doute, est persuadée que ce sera une simple formalité. Aujourd'hui, mardi vingt juin, ils sont tous en amphi. Il est prévu qu'un policier haut gradé vienne devant eux expliquer comment dans la pratique, se déroulent les enquêtes, qu'elles soient préliminaires, en flagrant délit, ou sur commission rogatoire d'un Juge. L'homme est présenté par un professeur de droit, il s'agit du Commissaire Renaud Bartoli, Chef de la sûreté au Commissariat central de Lille.

Bartoli, vingt-huit ans, est un jeune Commissaire, sorti de l'école de Saint-Cyr-au-Mont-D'or, il y a un peu plus de trois ans. Il a été affecté à Lille, et aussitôt nommé Chef de la Sûreté par le Commissaire Central. Il a belle allure, est assez grand et plutôt mince. Ce sportif, tennisman classé soixante-dix sur le plan national, également ceinture noire de judo, a les cheveux bruns et porte une courte barbe, style « Gainsbourg ». Paradant en costume bleu sur chemise ouverte, il paraît assez fier de son apparence. À sa manière d'évoquer les pratiques policières des différentes enquêtes, il se montre éloquent mais ne parvient pas à dissimuler une évidente vanité.

Son public se montre intéressé, et les filles sont plutôt subjuguées, non seulement par le discours de ce jeune homme sûr de lui, mais aussi par son physique de jeune premier. Ces qualités ont fait naître chez lui plusieurs défauts, outre la vanité : l'orgueil, la suffisance, et un peu de condescendance.

À l'issue de sa petite conférence, le Commissaire se rend dans le café le plus proche, s'installe à une table et commande un café. Peu de temps après, un groupe d'étudiants composé de deux garçons et trois filles, dont Alexandra et Virginie, s'installe à une table située juste à côté de Renaud Bartoli. Une discussion animée s'engage entre le policier et les étudiants. Les questions fusent, Bartoli y répond sommairement. Il a surtout observé

Virginie, l'a trouvée extraordinairement belle, pense déjà à la manière qu'il pourrait utiliser pour la rencontrer seul et la séduire.

Après une bonne demi-heure de discussion, Alexandra et Virginie se lèvent, saluent leurs copains et le Commissaire, et quittent le bistrot.

Bartoli s'empresse d'aller régler son café au bar et sort.

Dans la rue, il repère les deux étudiantes qui marchent sur le trottoir de droite. Il regagne sa voiture et roule doucement dans cette direction. Arrivé au niveau des deux filles, il ouvre la portière du passager avant, et s'adresse à elles :

— Je peux vous déposer quelque part ?

Virginie s'approche de la voiture :

— Vous savez, on peut marcher un peu, cela nous fera fondre de la graisse.

— Vous plaisantez, vous êtes parfaites. Allez, montez, vous savez que je ne suis pas un voyou.

Finalement, les étudiantes s'installent, Alexandra à la place du passager avant, et Virginie sur le siège arrière. En chemin, Bartoli tend deux cartes professionnelles sur lesquelles figurent ses coordonnées, et les invite à le contacter. Il pourra leur faire visiter les locaux du Commissariat, plus particulièrement les cellules de garde à vue, les geôles de dégrisement, et le bureau des fonctionnaires de l'identité judiciaire avec les instruments dont ils disposent.

— Merci répond Alexandra, en début juillet si vous voulez ? Qu'en dis-tu Virginie ?

— Oui, en juillet ce sera bien.

— À votre disposition, j'attends votre appel se réjouit le Commissaire.

Sur les indications de Virginie, il la dépose au pied de son petit, mais bel immeuble rénové avec balcons de la rue Sainte-Barbe, et continue avec Alexandra qui demeure un peu plus loin.

— Ce doit être assez cher un loyer à Lille pour un étudiant ? Surtout dans un immeuble de ce genre, questionne Renaud Bartoli.

— Oui, ce n'est pas donné mais elle se débrouille, on se débrouille.

— Comment ?

— Et bien, on fait des extras. Il n'y a pas que le loyer, il y la bouffe, les fringues, les sorties, les soins aussi.

— Quels genres d'extras ? interroge le conducteur.

— Des extras quoi… et à vous, je ne peux surtout pas vous en dire plus.

Le Commissaire croit bien avoir compris, il n'en demande pas davantage, et dépose Alexandra, en ajoutant de nouveau qu'il comptait bien les revoir toutes les deux en juillet.

******

Chapitre 2

Kévin Gorski dit « panpan » se trouve entouré de ses copains sur le parking de son immeuble situé dans le quartier de Wazemmes. Il aime raconter comment s'est déroulé son séjour en détention à la maison d'arrêt de Sequedin. Les gars qui l'entourent craignent la prison. Pour une grande partie, ce sont des dealers à différents niveaux, et ils savent qu'ils encourent en permanence un risque. Cela fait six mois que Kévin est sorti après trois années d'emprisonnement.

À vingt et un ans, il avait tenté de commettre un braquage dans une bijouterie de la ville, sans réussite. Porteur d'une cagoule, agissant seul, il avait ordonné en menaçant d'une arme de poing le bijoutier et sa vendeuse, de lui remettre les bijoux et l'argent de la caisse. Cela n'allait pas assez vite à son goût, il avait tiré à deux reprises dans le plafond de la boutique pour effrayer les commerçants. Deux hommes qui se trouvaient à proximité du magasin, avaient de la rue, entendu les deux coups de feu. Ces deux personnes, pompiers de métier, étaient promptement intervenus et avaient sèchement mis à terre le jeune homme. L'arme, de marque Ekol type Beretta, ne tirant que des balles à blanc, projetée au sol à la suite de la chute de Kevin, était écartée par l'un des deux hommes, et remise par la suite aux policiers. Quatre ans de prison ferme requis pour

Kévin Gorski, et des félicitations écrites et médiatisées du Préfet pour les deux pompiers, ont résulté de cette agression qui avait sérieusement perturbé psychologiquement le commerçant et la vendeuse.

Fier de son exploit pourtant raté, Kevin avait hérité de ses copains le surnom de « Panpan » sobriquet en allusion aux deux coups de feu tirés dans la boutique. « Panpan » âgé maintenant de vingt-quatre ans a une petite amie, une admiratrice, en fait un peu naïve, voire idiote, et beaucoup plus jeune : Bachira Delmotte.

Elle est fille d'un père français et d'une mère marocaine, et le sixième enfant de la famille. Elle n'a pas été aidée dans son enfance, est sortie d'une école spécialisée à seize ans, sans aucun diplôme. Presque analphabète, sachant à peine lire, elle est âgée de dix-sept ans et est tombée follement amoureuse de Kévin. Ce dernier, diplômé du BEPC, donc d'un niveau intellectuel supérieur, l'impressionne, la domine. Il est non seulement son amant, mais surtout son maître, quelquefois, son tortionnaire. Elle l'accompagne dans toutes ses folles entreprises qui sont généralement contraires à la loi.

Bachira que Kévin surnomme « lolo » en référence à sa grosse poitrine, ne vit plus chez ses parents, elle habite avec son ami chez l'oncle de ce dernier, homme de cinquante-deux ans, au chômage. Celui-ci perçoit des indemnités et loge son neveu et sa copine, à la seule condition que ceux-ci lui rapportent de temps en temps de l'argent en liquide. Quand son neveu a le dos tourné, ou qu'il s'absente, Charles Duroi, l'oncle vicelard, n'hésite pas à passer ses mains baladeuses sur les fesses et les seins de Bachira, qui se laisse ainsi peloter passivement, sans jamais en parler à son copain.

La spécialité de Kévin est le vol de voiture, mais pas n'importe quel vol. Il comprit qu'il était judicieux de voler les voitures de femmes seules dans leur voiture. Bien souvent, celles-ci, s'arrêtent, sans aucune gêne, en double file, soit devant l'école de leurs enfants pour récupérer et ramener leur progéniture au véhicule, soit en face d'un bureau de tabac, en mettant leurs feux de détresse, pour s'empresser d'acheter un paquet de cigarettes, ou des magazines. Il a choisi les conductrices, car très souvent, il découvre le sac à main resté sur le siège passager, avec des documents divers où figurent des adresses, des numéros de téléphone, des cartes bancaires, et de l'argent liquide.

En quelques secondes, « Panpan et Lolo » s'engouffrent dans le véhicule, clefs restées au contact, et démarrent illico. Parfois, Kévin utilise un pistolet d'alarme, copie d'une arme réelle, pour obliger une dame à laisser sa place. C'est surtout sur les aires de repos d'autoroute que le voyou et sa complice opèrent de cette manière. Leur rayon d'action est assez large, ainsi ils agissent sur toute la région du Nord, de la Picardie, et de la Champagne. Il arrive quelquefois que Kévin et Bachira passent la nuit dans des hôtels, notamment lorsqu'ils ont découvert suffisamment de liquidités. Kevin est assez satisfait de ses entreprises. À cinq occasions, il a pu aussi cambrioler ses victimes avant leurs retours, en s'étant assuré que le domicile était vide d'occupants. Il détenait l'adresse et les clefs, et en quelques minutes, le logement était fouillé, et dépourvu des bijoux et du numéraire. Kévin, malin et bien informé par ses compagnons de détention, agit ganté et masqué à ces occasions, afin de ne laisser aucune trace exploitable. Bachira demeure en retrait et rejoint son amoureux dans la voiture dérobée. Il est devenu un professionnel du vol de voiture, souvent des cars-jackings, et parfois de vols de domicile, et sans effraction.

— Tu vois « Lolo », on est un peu comme Bonny and Clyde, on vole uniquement ceux qui ont de grosses bagnoles et de l'argent. Pas mal non !

— « Boni ind Claide, » ah ! C'est qui ça, Panpan ?

— Un couple de bandits américains, mais laisse tomber, on va rentrer chez tonton Charles, je vais lui remettre un peu de sous, et après, on « baisera », d'accord ?

Bachira réfléchit, et quand cette fille réfléchit, cela se voit, elle a tendance à froncer les sourcils et plisser le front. Elle a beau réfléchir et réfléchir encore, elle sait qu'elle ne peut pas dire non. Ils « baiseront » que cela lui plaise ou non. En cas de refus, il la cognerait sauvagement. La première fois qu'elle s'était montrée un peu réticente, elle avait subi une violente correction.

Elle sait aussi par sa mère qu'elle doit absolument prendre la pilule. À treize ans, les garçons l'avaient déjà repérée comme une victime facile, et à plusieurs occasions, elle avait été entraînée passivement dans les caves pour satisfaire un, ou plusieurs petits copains. Naïvement, elle en avait parlé à sa mère. Celle-ci l'avait accompagnée au planning familial et depuis, l'adolescente, bien sermonnée, n'oublie jamais sa petite pilule.

— Oui, si tu veux, on fera comme ça, mais on n'a pas mangé, j'ai faim, réclame la jeune femme.

— Ouais, moi aussi, on va passer au MacDo. Après, chez tonton. OK !

Le couple rejoint le domicile de l'oncle. À peine entrés, ils entendent des bruits étranges venant de la chambre du tonton

Des rires, de fortes onomatopées à foison. La voix d'une femme se fait entendre. Kévin et Bachira se regardent étonnés. Kévin sourit, son oncle a ramené une « meuf » chez lui, c'est clair, et apparemment, ils s'amusent bien tous les deux. Les deux jeunes gens s'installent à la table de cuisine. Kévin sort deux canettes du frigo, les décapsule. Ils ingurgitent tranquillement leurs bières au goulot. Arrive l'oncle accompagné d'une femme d'une cinquantaine d'années, assez maigre, blanche de peau et les cheveux noirs un peu gras. Charles Duroi, le tonton, présente l'invitée :

— Je vous présente Léontine. C'est une voisine, elle habite au troisième. Elle est veuve, son mari est mort il y a six mois. Alors tous les deux, on se console, annonce-t-il en riant.

La dame, un peu débraillée, est un peu ivre. Elle parvient à balbutier quelques mots qui signifient qu'elle s'excuse du dérangement tout en sirotant le fond d'un verre de vin blanc. Charles la coupe dans ses propos confus, et lui sert un nouveau verre de vin blanc, tiré d'une deuxième bouteille déjà bien entamée, et s'exclame :

— On va peut-être vivre ensemble, hein ma Nénette ! On économisera un loyer. Hé, les jeunes ! il va falloir vous débrouiller sans moi bientôt. Il n'y a pas le feu mais pensez-y.

Kévin ne répond pas, il se doute bien que cette situation ne pouvait pas durer bien longtemps mais que faire ? Il n'a pas de travail, ne peut fournir aucune fiche de salaire. Aucun organisme de location ne lui octroiera un logement. Le tonton, c'était bien, c'était simple. Un peu de sous, et cela lui suffisait. Il va falloir trouver une solution.

Le couple rejoint la seconde chambre. Ils se déshabillent et entreprennent une relation sexuelle. Comme à chaque fois, après l'acte, Kévin empoigne les seins de sa compagne et déclare :

— « Lolo », J'aime bien tes grosses « totottes » dit-il en pelotant son amie.

Combien de fois a-t-elle entendu cette phrase ? Il est répétitif son amoureux. Elle ne sait si elle doit prendre cela pour un compliment. Elle n'aime pas beaucoup sa poitrine en fait.

Déjà, quand elle avait treize et quatorze ans, les garçons l'entraînaient dans les caves et s'amusaient de voir sa grosse poitrine. Ils jouaient de son innocence, de sa crédulité pour l'obliger à dévoiler ses seins. Depuis, ils sont devenus beaucoup plus importants encore, et son copain du moment rabâche souvent cette même phrase en utilisant les mots « grosses totottes ». Elle sait bien que pour elle, ils sont plutôt gênants, voire handicapants, et l'oblige déjà à son âge, de prendre des soutiens-gorge de grande taille. Elle est brune, teint mat, plutôt petite et les dimensions de sa poitrine lui donne une allure disproportionnée. Elle pense à sa mère à qui elle ressemble beaucoup, et qui a une imposante poitrine avec des jambes assez minces. Elle a la physionomie de la lettre V. Tout en haut, peu en bas. Bachira est sans doute bêtasse, mais elle sent bien qu'elle se dirige inévitablement vers les mêmes proportions.

Kevin, lui, est assez grand, maigre, voire osseux, et porte une chevelure teintée en roux, rasée sur les tempes et les côtés. Il aime se coiffer un peu comme certains footballeurs professionnels, lorsqu'il les regarde à la télé. Lui-même, jeune, avait signé dans une équipe de foot de Lille-Sud, mais n'y était pas resté longtemps. Il voulait uniquement taper dans un ballon. L'entraîneur l'obligeait, lui et ses partenaires, à faire des tours de piste en courant longtemps, avec des accélérations, en zigzag aussi, des exercices d'amortis, de contrôles, de passes en une-deux, et tout ça l'énervait. Lui, ce qu'il voulait, c'est jouer, taper dans la balle, rien d'autre. Il n'a été licencié dans ce club que pendant six mois.

Nous sommes le dimanche 2 juillet 2017. Ce dimanche, Kévin a rendez-vous avec un manouche, Pedro Ortica. La rencontre est prévue vers 17 heures près de la rue de Reims à Wattignies, soit à proximité de l'aire d'accueil des gens du voyage. Kévin ne vole pas de voiture ce jour-là, Charles lui a prêté sa vieille Clio. La présence de Bachira n'est pas souhaitée, elle reste à l'appartement de l'oncle. Kévin est rejoint dans sa voiture par Ortica. L'homme est méfiant, observe bien le jeune homme et les alentours avant de monter à côté de lui :

— Qui t'a donné mon nom, et mon numéro de téléphone ? questionne sèchement Ortica.

— Un ami : Omar, c'est son prénom. On s'est connu en taule. Il m'a dit que tu pouvais me procurer une vraie arme de poing pour pas trop cher.

— Ah oui, Omar ! Pas trop cher qu'il a dit ? C'est vite dit. Tu peux donner combien ?

— Je sais pas, 100, 200, 300… pas plus.

— Bon, ce sera 250, ou un peu plus. Tu me rappelles dans quatre semaines. Je serai dans le même secteur et je te proposerai deux, ou trois armes. Surtout, tu déconnes pas. Si tu me la joues de travers, t'es mort, compris !

— Ne t'inquiète pas, je suis un mec réglo, je te rappelle à la fin de mois.

Kévin s'est absenté un peu plus d'une heure. Bachira et Charles sont restés ensemble en attendant son retour. Bien entendu, le tonton a de nouveau entrepris des caresses sur le corps de la jeune fille, impassible, assise sur le canapé devant le téléviseur. Tout en procédant à ses attouchements de plus en plus précis, il lui glisse à l'oreille :

— Je vous ai demandé de quitter le logement mais c'était parce que Léontine était là, mais vous pouvez rester plus longtemps, tu sais.

Bachira ne répond pas, elle semble absorbée par le programme diffusé à la télé. Charles commence à lui déboutonner son chemisier, dégrafe son soutien-gorge, puis lui soulève la jupe et enfin passe une main dans sa culotte. La fille n'oppose aucune résistance, elle demeure les yeux rivés sur l'écran du téléviseur. Tout en caressant les gros seins de Bachira d'une main, Charles glisse de l'autre main, un, puis deux doigts dans l'entrée de son vagin. D'un coup, sortant de sa torpeur, Bachira intervient mollement :

— Ben ? Qu'est-ce que tu fais ?

— Ça ne te plairait pas de faire l'amour ? Kévin n'est pas là.

« Faire l'amour », il a dit : « faire l'amour », jamais Kévin n'a dit cela. « Faire l'amour », c'est comme ça qu'ils le disent à la télé. Ils « font l'amour » réalise Bachira.

— Tu veux dire « baiser », mais je ne peux pas, j'aime Kévin. J'ai pas le droit de… faire l'amour… avec un autre, s'il le sait, il me tue.

L'oncle a bien compris que la nuance apportée par les termes employés avait ébranlé la jeune femme, il répète une nouvelle fois.

— Je veux faire l'amour avec toi, l'amour, pas te « baiser » et puis il n'en saura rien, ce sera un secret, rien qu'entre toi et moi, juré.

Sur ces mots, convaincue, la jeune fille se laisse faire en fermant les yeux. Charles la met complètement nue et la prend sur le canapé avec douceur. Ce sont quelques mots tendres, certes mensongers de sa part, mais agréables à entendre pour sa partenaire occasionnelle, qui provoquent chez elle un petit plaisir, et cela pour la toute première fois. Elle ressent une certaine jouissance traduite par de petits gémissements aigus.

(« *Les femmes jouissent d'abord par l'oreille* » : *Marguerite Duras).*

Le tonton sent bien l'effet de ses mots, de son souffle dans les oreilles de la jeune fille, et insiste en utilisant encore plus de mots moelleux, doucereux.

Il lui dit à voix grave et basse qu'elle a de très jolis seins, avec une peau très douce. La jeune fille semble ravie, pleine d'aise, des couleurs roses s'impriment sur son visage, sur le cou et sur sa poitrine.

L'affaire ne dure que quelques minutes car le bruit d'un véhicule est perçu sur le parking de l'immeuble, et interrompt leurs joyeux ébats. Charles se retire, se lève brutalement, oblige Bachira à se rhabiller au plus vite, car il a entendu le bruit d'un moteur qu'il connaît bien, sa Renault Clio.

Kévin est content, il pourra bientôt disposer d'une véritable arme de poing. Ce ne sera plus de la rigolade. Il imagine peut-être un nouveau braquage, mais cette fois, il lui faudra trouver des complices pour agir en bande, c'est plus prudent. Il a hâte de détenir sa nouvelle arme, la démonter, la remonter, la bichonner. Ça, il sait faire. Il aime les armes à feu. Ah ! s'il pouvait dégoter une mitraillette, une Beretta, ou encore mieux une kalachnikov, mais c'est encore bien plus compliqué.

Il retrouve sa petite amie, toujours assise devant le poste de télévision :

— Ben « Lolo », t'es toute décoiffée et t'es toute rouge, on dirait un clown, un épouvantail ! Qu'est-ce que tu as fait ?

— Rien, répond l'oncle, elle a ouvert la fenêtre pour secouer ce tapis, et elle s'est pris une bonne rafale. Hein Bachira ?

— J'ai ouvert la fenêtre et j'ai pris le vent. C'est ça, confirme Bachira.

— Mais y a pas de vent, et tu peux recommencer, le tapis est recouvert de cendres de cigarettes, décidément, même le ménage tu ne sais pas le faire, quelle nouille celle-là !

Bachira ne répond pas, comme absente, les yeux toujours braqués sur l'écran du téléviseur. Charles, pour couper court à cette discussion propose une bière à son neveu. Kévin s'assied à côté de Bachira, et canette à la main, regarde le programme. Il fait remarquer à sa petite amie qu'elle est sotte de s'attarder sur un programme de télé-réalité aussi débile. Bachira n'entend rien et reste concentrée sur ce qu'elle voit et entend.

— Tu sais Kévin, demain je vais à Pôle Emploi. Ils m'ont transmis vendredi, un message sur mon portable. Il paraît qu'ils ont peut-être quelque chose pour moi. Tu pourrais peut-être m'accompagner, on ne sait jamais ! propose Charles.

Le neveu ne répond pas. Il ne sait que répondre à son oncle. Il se décide à déclamer :

— Je vais pas aller bosser tous les jours pour un SMIC de merde. Et puis, je n'ai aucune qualification, tu le sais bien. Je n'ai pas besoin d'un boulot pour gagner de l'argent, j'en trouve et largement, crois-moi.

— Il te faudra bien quelques bulletins de salaire pour pouvoir louer un studio. Je te rappelle que je vais vivre avec Léontine, et que bientôt il faudra que vous habitiez ailleurs, ta copine et toi.

Kévin ne répond pas. Il sait bien qu'il ne pourra pas loger chez les parents de Bachira, elle a été foutue dehors. Ils la reprendraient peut-être, elle, mais pas lui, certainement pas. Il ne peut pas non plus retourner chez sa mère, avec une amie en plus. Son père est décédé d'un accident de voiture il y a sept ans, et sa mère s'est remise « à la colle » avec un type, grand et gros gaillard qui n'aime pas du tout son fils. Un alcoolique violent, qui a profité de son arrestation et sa détention pour braquage, pour convaincre sa mère de le mettre définitivement à la porte. Faut dire que les flics n'y étaient pas allés de « main morte » au cours de la perquisition. Ils avaient mis à sac l'appartement, tout renversé, tout fouillé en commettant de sérieux dégâts. À sa sortie de prison, seul tonton Charles avait accepté de l'héberger, lui, un peu plus tard, sa petite copine.

En contrepartie, Charles exigeait qu'on lui rapporte de temps en temps un peu d'argent pour les commissions, devenues plus onéreuses à trois. La solution serait de trouver un studio et pour y parvenir, avoir un emploi. Il lui suffirait de travailler quatre ou cinq mois, et ainsi présenter des bulletins de salaire aux organismes de location. Ensuite, il pourrait reprendre sa liberté et sa vie de gangster. Le seul métier qu'il se sent apte à exercer :

— OK, je viens avec toi, on part à quelle heure ?

— Enfin, tu es raisonnable, on part à neuf heures.

Le soir, après un repas fait de pâtes et de jambon, et avoir assisté à un film comique repassé maintes fois sur la première chaîne, Charles sort en annonçant qu'il partait voir Léontine.

Le couple rejoint leur chambre.

Kévin et Bachira se déshabillent. Kévin se met sur son amie, la chevauche, la pénètre lui répète une nouvelle fois :

— Ah ! Toi, tes « totottes ».

Ce disant, il malaxe sans douceur les seins de sa compagne un peu comme s'il s'agissait de la pâte à pain. Après quelques va-et-vient sauvages d'à peine une minute, il se retire, se remet sur le dos et interroge sa compagne :

— Tonton t'a pas embêtée cet après-midi. Ma mère m'a toujours dit que quand il était jeune c'était un sacré « coureur de jupons ».

— Un quoi ?

— Un coureur de jupons, tu vois ce que je veux dire insiste Kévin.

Une fois de plus, avant de répondre Bachira réfléchit un instant puis affirme :

— Oh ! mais je ne mets jamais de jupons, moi. De toute façon, je n'ai fait que regarder la télé.

Kévin n'insiste pas, il se tourne de l'autre côté, sans un mot pour sa copine. Il pense au gitan. Quelle arme va-t-il lui proposer ? Il hâte d'être à la fin du mois.

******

Chapitre 3

En cette première semaine de juillet, le soleil est de retour. Ses rayons inondent la ville de Lille. Les étudiants en droit qui viennent d'obtenir leur licence se sont donné rendez-vous à la terrasse d'un café de la place du Rihour. Ils sont une bonne douzaine à fêter leur réussite en consommant de manière abusive des boissons alcoolisées, trop pour certains. La bière est majoritaire, elle est la bienvenue pour rafraîchir ce petit monde. La chaleur est intense, les tenues sont légères, les lunettes de soleil ont été sorties de leurs étuis, et sont perchés sur le nez de jeunes gens. Des garçons ont coiffé leurs casquettes à visière. Le ciel est sans nuage, d'un bleu azur pur, et les pavés de la rue scintillent à en devenir éblouissants. La joie domine, les éclats de voix et les rires tapageurs des nouveaux diplômés, agacent un peu quelques touristes installés aux tables voisines. Virginie est ravie, elle était confiante, mais là, vraiment, ce n'est plus une espérance, mais une réalité. Elle partage le bonheur du climat ambiant, et ne cache pas sa joie.

Son amie Alexandra est de la partie elle aussi. Virginie constate que son amie est un peu éméchée, il ne faut pas l'abandonner dans cet état. Elle sait qu'il faudra la raccompagner chez elle. Nous sommes en fin d'après- midi, et à la cantonade, il a été décidé que tous iraient finir la soirée dans une boîte de nuit.

Ils se promettent de se retrouver le soir après 22 heures dans une discothèque située juste en face de l'hôtel Carlton. Virginie sait que cela ne pas être facile pour Alexandra, elle n'est pas bien. Elle se tient à ses côtés. Elle ne peut rentrer chez elle, ni à pied ni dans les transports, seule. Que faire ?

Martin, un copain des deux filles s'approche d'elles. Il a bien vu qu'Alexandra n'était pas dans état normal et propose de la raccompagner avec sa voiture. Virginie accepte et tire son amie jusqu'au véhicule de l'ami serviable. Alexandra habite au premier étage d'un immeuble vieillot, un peu insalubre.

Soutenue, elle a du mal à introduire sa clef dans la serrure de la porte de son logement. Virginie s'en empare et ouvre. Aussitôt, elle pousse Alexandra sur un lit placé sous la fenêtre. Martin est resté à la porte et s'excuse :

— Je ne peux pas rester, je suis garé devant une porte de garage. Si vous voulez, je vous reprends un peu après 22 heures et je vous emmène à la discothèque ?

— Merci, c'est très gentil, on verra bien comment elle sera dans trois heures. Je t'appellerai, donne-moi ton numéro de portable.

Martin griffonne son numéro de mobile sur la main de Virginie, et s'empresse de dévaler l'escalier afin d'éviter une contravention. Virginie allonge sa copine plus correctement sur son lit et lui ôte ses escarpins à brides. Il est 19 heures. Virginie ouvre le petit frigo de son amie, et constate qu'il n'y a quasiment rien à grignoter. Munie du trousseau de clefs, elle descend dans la rue et achète dans une boulangerie deux sandwichs jambon beurre.

De retour au logement, elle voit Alexandra exhaler quelques renvois, et signifier qu'elle a une forte envie de vomir. Virginie la soutient, l'accompagne devant les w.c. qui se trouvent dans le cabinet de toilette, et l'aide à se mettre à genoux, devant la cuvette. Alexandra vomit, vomit, et vomit encore, cela dure une bonne dizaine de minutes. Elle se relève enfin comme soulagée. Elle se retourne et se trouve directement face au lavabo, la pièce est exiguë, Virginie ne peut rester à ses côtés, elle sort et demeure derrière la porte.

— Ça va mieux Alex ?

— Oh oui ! je ne supporte pas l'alcool, je n'aurais pas dû. Je vais prendre une douche, je me sens sale, ensuite je me change pour ce soir.

Virginie comprend que son amie n'a pas envie de s'arrêter là, qu'elle veut s'éclater jusqu'au bout de la nuit, mais elle-même voudrait bien se changer aussi, et passez chez elle. Avant de regagner son propre logement, elle s'attaque à un sandwich, laisse le second bien visible, sur une petite table. Alexandra sort du cabinet de toilette en peignoir, remercie sa copine pour le sandwich et ouvre un placard. Elle sort une petite robe et demande l'avis de Virginie :

— Tu crois que je peux mettre ça ?

— Bien sûr, elle est ravissante. Mais moi je dois me changer aussi. Je rentre chez moi. Il fait toujours beau et je n'ai qu'une demi-heure de marche. Martin viendra te prendre vers 22 heures, tu lui diras de passer chez moi aussi.

— Martin ?

— Ben oui, Martin, c'est lui qui nous a ramenées en voiture. C'est Martin Lagarde, de notre groupe, le grand blond. Évidemment, tu ne te souviens de rien.

— Ben non. Je devais être grave. Oui, Martin, bien sûr, je vois, il a été sympa.

— Je l'appellerai. Allez, à tout à l'heure.

Virginie rejoint son domicile rue Sainte-Barbe. La marche ne la dérange pas, bien au contraire, elle adore marcher en imprimant un rythme régulier. Elle s'accorde un peu de repos avant de se doucher, et de se changer. Elle s'allonge sur son lit, et entreprend la lecture d'un bouquin déjà entamé. Un peu épuisée par une après-midi agitée, elle finit par s'endormir.

À 21 heures, la sonnerie de son téléphone portable retentit. C'est Maître Gérard Pavet. Il lui adresse ses félicitations car il a appris qu'elle avait obtenu sa licence, et se répand en compliments. Virginie écoute sans dire un mot, il lui est impossible de toute manière d'en placer une. Elle a bien compris qu'il évoquait une « tête bien pleine sur un corps bien fait. Non plus que ça… sur un corps magnifique, désirable ». Il évoque sa propre jeunesse, notamment le jour de l'obtention de sa licence ; la joie qu'il avait ressentie à cette époque, et ainsi de suite. Il n'en finit pas de parler, ne s'étonne même pas que Virginie n'intervienne pas dans son soliloque. Virginie craint d'être en retard et pense qu'il serait temps de mettre un terme à cette communication. Finalement, Elle qui pressentait bien le but réel de son appel, entend l'avocat lui proposer de le rejoindre ce soir même dans un hôtel de Lille. Elle refuse catégoriquement, et annonce à son interlocuteur désormais muet, qu'elle fête son diplôme en boîte avec les autres lauréats. Pavet semble désappointé, il finit par lui souhaiter sèchement « une bonne soirée ». Virginie sait qu'il reviendra à la charge, elle ne s'inquiète pas outre mesure, il faut qu'elle conserve ses trois clients encore une année. Elle persistera dans ses études jusqu'au master, ainsi qu'elle l'a toujours souhaité.

Le temps lui est compté, il faut qu'elle se douche, se maquille et s'habille. L'avocat lui a fait perdre un temps précieux. Elle ouvre son placard et finit par choisir une robe légère « blue zone », bleu foncé, à imprimés floraux roses, ceinture marquée à la taille. Elle aime cette robe achetée sur internet, mais ne l'a portée qu'à une seule occasion, en août de l'année dernière à l'occasion d'une autre sortie en discothèque. Ce n'était pas avec les mêmes amis, ce sera donc comme une nouvelle tenue. Elle choisit des escarpins noirs à lanières et semelles compensées. Dans son for intérieur, elle sait qu'il est pour l'instant hors de question, de séduire, ou de se faire séduire et de s'enticher d'un homme. Elle s'efforcera de demeurer sentimentalement seule, encore un an. Cette fille a un caractère affirmé, elle sait ce qu'elle veut, et ne démordra jamais de cette ligne de conduite. Pourtant, ce soir, vêtue ainsi, elle sera draguée à outrance, elle en sera flattée, mais aucun ne parviendra à l'avoir dans son lit. En fait, elle s'en amuse un peu, c'est un jeu qui ne lui déplaît pas. Voir les efforts de tous ces jeunes hommes est devenu pour elle, une amusante distraction.

À 23 heures, les deux filles sont enfin dans la discothèque, attablées avec d'autres étudiants. Martin les a emmenées comme prévu. La musique est forte et répétitive, les jeunes gens ont beaucoup de mal à se parler sans crier. De temps à autre, les nouveaux lauréats enchaînent des gesticulations sur la piste, avant d'ingurgiter une nouvelle gorgée de jus de fruits, ou d'alcool pour d'autres. Virginie surveille Alexandra. Il ne faudrait pas qu'elle renouvelle sa mésaventure de l'après-midi.

Virginie est courtisée, chaque garçon tente de s'approcher au plus près d'elle, ce qui agace quelque peu les autres filles. Ces dernières jalousent leur camarade, elles sont obligées d'admettre intérieurement, qu'elle est vraiment très jolie et attirante.

Un peu avant minuit, un groupe de policiers en civil porteurs du brassard orange fluo marqué « police », fait irruption dans la salle. Deux clients sont immédiatement repérés, interpellés, fouillés et énergiquement menottés dans le dos. La musique a été interrompue par le Disc jokey, un policier qui semble être le chef intervient :

— Mesdames, messieurs, veuillez nous excuser d'avoir interrompu votre divertissement, nous quittons les lieux et vous souhaitons une bonne soirée. Allez… Musique.

Les deux individus menottés sont embarqués manu militari, sans ménagement.

Le Commissaire Renaud Bartoli assistait de la porte à l'opération. Vêtu d'un jean, et d'un léger blouson en toile beige sur une chemise ouverte, l'homme qui a ce soir l'apparence d'un cow-boy, n'est plus le jeune homme en costume soigné qui flambait lors de son exposé à la fac.

Il rejoint le bar et s'adresse à un homme qui semble être le directeur de l'établissement. L'échange dure quelques minutes. En prenant la direction de la sortie, il remarque la présence de Virginie et Alexandra.

— Tiens, vous êtes là. Belle ambiance n'est-ce pas ?

— Nous fêtons notre licence en droit, Monsieur le Commissaire, c'est un grand jour pour nous répond Alexandra

— Et bien félicitations à vous tous, et bon amusement.

Puis fixant du regard Virginie, N'oubliez pas de passer me voir ces prochains jours, je vous attends ?

— Promis, répond Alexandra.

Alexandra regarde le jeune Commissaire s'éloigner, puis tout émoustillée, glisse à l'oreille de son amie Virginie :

— Il est vachement beau ce flic, quel style ! quelle allure ! tu as vu ? C'est ce type-là que j'aimerai avoir comme amant. Pas toi ?

— Ah ! Eh bien, tu ne l'as pas reconnu ? C'est « San Antonio » en personne. Il est beau, c'est vrai, mais le pire de tout, c'est qu'il le sait.

La soirée se poursuit jusqu'au bout de la nuit. Alexandra, surveillée de près par son amie, n'a pas consommé trop d'alcools, et c'est à pied vers 5 heures du matin que tout ce petit monde quitte la boîte de nuit pour se retrouver en errance dans les rues de Lille. Certains déambulent bruyamment, sans se soucier du sommeil des riverains. L'un d'entre eux, énervé, ose de sa fenêtre rabrouer les jeunes gens, mal lui en a pris, il a reçu des salves de mots par très aimables, émanant des étudiants les plus alcoolisés. Les jeunes gens se séparent. Virginie regagne son petit logement bien fatiguée, consulte la messagerie de son portable, constate que l'écrivain ; Philippe Chanerval, lui a exprimé par des mots choisis, son regret de ne pas avoir pu l'accueillir et l'honorer. Virginie sourit à la lecture de ce dernier verbe, il y a bien longtemps qu'elle n'a pas été honorée avec plaisir, elle rectifie et pense plutôt aux termes « déshonorée, par contrainte financière ». Elle ôte sa robe, ses escarpins, et s'écroule, maquillée et en sous-vêtements sur son lit, où elle s'endort dans la seconde.

Le mardi onze juillet 2017, Virginie et Alexandra sont reçues à la porte du Commissariat central de Lille. Alexandra, pressée de revoir le jeune policier, avait téléphoniquement pris rendez-vous, et c'est avec un grand sourire que le jeune homme accueille les deux jeunes filles.

Elles visitent les lieux, s'intéressent au discours de leur guide du moment, croisent dans les couloirs des hommes et des femmes, parfois en uniforme, parfois en civil le pistolet à la ceinture, mais aussi des personnes menottées, conduites dans des bureaux. Les jeunes filles sont invitées à s'asseoir dans le bureau du Commissaire. Il leur détaille l'organisation du service. Lui-même est sous le commandement d'un Commissaire central qui lui a confié la direction de la Sûreté Urbaine, chargée des affaires délictuelles et criminelles de toute nature. Ainsi, il participe parfois, selon l'importance de l'affaire, aux opérations conduites par les différentes brigades ; criminelle, des stupéfiants, des mœurs, des mineurs, et de la voie publique. Il coordonne les actions, il est aussi l'interlocuteur privilégié des Magistrats du parquet, et des Juges d'instruction.

— Dites Monsieur, quel était le but de votre intervention l'autre soir à la discothèque ? questionne Virginie.

— Oh ! Ne m'appelez pas Monsieur, je suis un peu plus âgé que vous, mais je n'ai pas encore un âge canonique. C'était une opération conduite par le Commandant, chef de la brigade des stups. Ses collègues avaient pu obtenir un renseignement fiable, qui leur a permis d'interpeller les deux individus. Ils avaient sur eux, des sachets de cocaïne, et d'héroïne. Ce sont deux maillons d'une chaîne de dealers, qui nous permettront sans doute d'identifier les chefs d'un réseau. Voilà, Mademoiselle... Voilà Virginie, si je peux me permettre, ajoute-t-il en souriant. Moi, c'est Renaud, comme le chanteur.

Virginie ne répond pas. En fait, elle est un peu intimidée par l'assurance et l'aisance d'un homme de cet âge. Il n'a pas encore trente ans, et se comporte comme s'il en avait cinquante, c'est pour elle assez impressionnant. Alexandra, elle aussi, est subjuguée par cet homme, elle serait ravie d'avoir une aventure amoureuse avec lui.

Une discussion s'engage sur l'avenir des deux jeunes nouvelles diplômées. Alexandra signale qu'elle va s'atteler à passer des concours, au niveau de la licence, elle s'arrête à ce niveau.

Quant à Virginie, elle annonce qu'elle souhaite continuer pour obtenir le Master 1 et peut-être même le master 2.

— Puis-je vous inviter à boire un café, ou autre chose, il y a un bar tout près d'ici, il se nomme le « Balto », facile à retenir, non ?

— Volontiers s'empresse de répondre Alexandra, je connais ce bistrot, on y va, et on vous y attend.

Renaud Bartoli n'est pas mécontent de lui. Il a une idée fixe derrière la tête ; séduire Virginie, c'est une obsession. Du jour où il l'a vue, il a été frappé par sa beauté, les contours de son corps, la douceur de sa voix. Il est impressionné par le style et la grâce de la jeune femme, mais avec elle, il faudra paraître humble, faire le beau gentil, et draguer en fait sans en avoir l'air. Cette femme est assez timide, discrète, sans doute le juge-t-elle un peu fat, quelque peu fanfaron. Elle ne dit rien mais observe, écoute et se tient volontairement sur la réserve. Finalement, il faudra sans doute qu'il change de comportement.

Il avait vécu avec une fille pendant deux ans, mais Marion ne supportait pas ses retards, ses soirées ou nuits de « planque », son emploi du temps fantasque, celui d'un enquêteur de police en fait. Jalouse à l'excès, elle imaginait des rendez-vous avec d'autres femmes. Il ne mentait pourtant pas, et avait beau lui expliquer que c'était son métier qui voulait ça, elle persistait à lui faire des scènes. La rupture était devenue inévitable et c'est lui qui, excédé par l'attitude de sa compagne, prit la décision de la quitter, et de s'installer dans un autre appartement.

Il rejoint les deux jeunes femmes assises face à face sur les banquettes après avoir salué le patron du bar, et vient s'asseoir juste à côté d'Alexandra, ainsi faire face à Virginie. Il est de nouveau ébloui par la beauté de son visage. Elle a de magnifiques yeux verts, joliment maquillés. Ses paupières ont été recouvertes d'un fard brun nacré, les cils brossés d'un mascara plus foncé. Son visage est régulier et offre une bouche légèrement charnue aux lèvres recouvertes d'un rouge carmin. Sa chevelure est châtain clair, mi – longue, un peu au niveau des épaules, et ondulée. Elle a le sourire un peu mélancolique qui dévoile de parfaites dents blanches. Il ne voit que son buste, mais l'échancrure délicatement entrouverte de son chemisier, laisse apparaître la naissance de ses seins qu'il devine d'un volume idéal.

Cette fille : elle est pour lui. Il la veut absolument. Il ne la lâchera pas, jamais, jamais, jamais. Il a toujours eu ce qu'il voulait avec les filles, des succès nombreux et faciles. Il sait qu'il plaît beaucoup mais celle-ci lui semble un peu en retenue et réservée à son endroit. Il a compris : elle doit le trouver trop sûr de lui, trop confiant. Il va changer de style, la convaincre avec une méthode plus douce, moins hardie. Il se promet d'être humble, réceptif à ses envies, attentif à ses goûts.

Le Commissaire Renaud Bartoli va abandonner son style cavaleur, et jouer un nouveau rôle, celui d'un Roméo soumis, attentionné, prêt à lui déclarer sa flamme.

Il n'a pas son numéro de portable, c'est Alexandra qui a appelé pour la visite du Commissariat, c'est son numéro qui s'est affiché sur son mobile. Certes, ce serait beaucoup plus facile avec elle. Elle est plutôt jolie elle aussi, et bien faite, mais c'est Virginie qui l'a envoûté, elle est beaucoup mieux encore, et il convient de ne pas faire de gaffe. S'il met Alexandra dans son lit, c'en sera fini de Virginie. Il faut qu'il obtienne ses coordonnées téléphoniques. Un flic devrait pouvoir trouver ça !

La discussion n'évolue pas. Les deux filles évoquent leur avenir. C'est sûr, Alexandra arrête les études, et va passer des concours administratifs. Virginie a la volonté de poursuivre. Elle n'est plus à un ou deux ans près, elle s'acharnera à obtenir le master Un d'abord. Le Commissaire vient d'avoir une idée : il demande à Alexandra si elle aimerait être flic. Dans ce cas, elle pourrait passer le concours d'officier de Police qui exige le niveau de la licence. Si ça lui dit, il promet de lui transmettre par téléphone, l'adresse de la Direction de la Police où elle pourra s'inscrire. Se tournant vers Virginie, il lui propose la même chose, on ne sait jamais, elle pourrait changer d'avis. Bien que celle-ci lui rétorque qu'elle maintient ses objectifs, elle consent à communiquer son numéro de mobile au Commissaire. Celui-ci avait bien compris que cela n'intéressait pas Virginie, mais son stratagème a réussi, il possède dorénavant ses coordonnées téléphoniques. Pour corser le tout, il a confié sans retenue son adresse mail aux deux filles, qui se sont senties obligées d'en faire de même. Il est satisfait, il sait comment il pourra joindre la femme qu'il désire ardemment.

******

Nous sommes le jeudi treize juillet 2017. Bartoli qui s'apprête à prendre quinze jours de vacances et descendre sur la Côte d'Azur, chez une de ses sœurs, près d'Antibes, dès le lendemain de la fête nationale, tient absolument à inviter Virginie à un dîner dans un restaurant de la ville. Il attrape son portable, commence à composer le numéro, puis le repose sur son bureau. Il n'a pas préparé ses mots, il ne peut dire n'importe quoi, bafouiller des idioties. Il réfléchit puis recompose les chiffres. Au bout d'un instant, il entend la voix de Virginie sur sa messagerie. Cette voix chavirante, si douce qui résonne comme une mélodie, l'excite. Il ose laisser un message « J'ai pensé que l'on pourrait dîner ensemble ce soir, si le voulez bien, bien entendu. Au plaisir d'attendre votre réponse, et d'espérer ». La réponse ne tarde pas, une demi-heure plus tard, Virginie annonce qu'elle n'est pas libre ce soir, mais qu'elle pourrait accepter son invitation, le lendemain quatorze juillet. Renaud est à la fois satisfait et mécontent. Pourquoi n'est-elle pas libre ce soir ? La fac, c'est terminé, elle est chez elle, seule, enfin… peut-être ?

Aurait-elle un amoureux ? Et ces petits extras que ne pouvait lui avouer Alexandra, à lui, surtout… un flic ? Qu'est-ce ? Il pense que c'est peut-être… non pas elle. Il sait que des étudiantes se prostituent pour payer leurs études, leurs loyers, leurs fringues, leurs sorties, mais non ? Pas elle. Impossible.

Toujours est-il qu'il pourra la voir demain soir. Il n'ose pas la rappeler tout de suite, ne pas manifester un empressement exagéré. Demain, quatorze juillet, fête nationale, sera un jour ou de nombreux Lillois et touristes, abonderont dans les rues, bars, brasseries et restaurants de la ville. Il lui faut vite réserver une table dans un établissement de classe. On n'amène pas ce genre de femme dans un boui-boui. La liste des restaurants de la métropole défile sous ses yeux. Il en appelle un, puis deux, puis trois, et un autre encore. C'est déjà réservé partout. Il insiste, cherche dans les communes voisines, et a le bonheur de pouvoir retenir une table pour deux, au restaurant « La carte » à Bondues. Bon, il voit où cela se trouve, comprend qu'il s'agit d'un établissement coté. Tout va bien pour demain soir.

Virginie ne semble pas surprise de l'invitation du Commissaire. Elle a bien ressenti le charme qu'elle a opéré sur lui. Elle-même le trouve plutôt très attirant. Il y a longtemps qu'un homme ne lui avait pas fait autant d'effet. Mais, il est prétentieux, trop sûr de lui, ne pas accélérer les choses est préférable. Elle pense qu'il faut surtout le faire lambiner un peu, ne pas tomber dans l'urgence d'une aventure qui pourrait péricliter trop rapidement. Elle sait qu'elle ne peut avoir une liaison durable, et surtout conjugale, avec un autre. Sortir oui, flirter oui, coucher peut-être, mais pas vivre ensemble, non. Cette année, ce sera, les études, et prioritairement les études. Elle ne peut pas souscrire à son invitation ce jeudi. L'Avocat l'a tellement tarabustée qu'elle ne peut lui dire non une fois de plus. De surcroît, il lui a promis une belle récompense pour sa licence. Elle ne peut perdre ce client, il faut qu'elle garde son appartement coûteux encore au moins un an. Les bourses et l'Aide personnalisée au logement ne suffisent pas à assurer son train de vie. Elle est dépensière, elle le sait, sa garde-robe déborde de tenues dont certaines n'ont encore jamais été portées, il en est de même pour les chaussures. Elle en dispose à volonté, de toutes les couleurs et de tous les genres. Elle ne peut non plus se priver de sorties : au cinéma, au théâtre, à l'opéra parfois car elle apprécie ce genre, mais là, le prix des places est exorbitant. Elle ne peut donc se passer de Pavet des deux autres pour le moment.

Bien évidemment, elle aurait préféré passer la soirée avec ce jeune Commissaire, c'est clair. Quelle différence ! ce soir cela va consister en l'exécution d'un travail sale, sordide. Donner son corps à un vieux vicieux bourré de fric n'est vraiment pas une sinécure. Demain sera la première sortie avec un beau jeune homme, séduisant, bien qu'un peu trop fier de lui. Il ne faudra pas montrer trop d'enthousiasme, cet homme doit emballer les femmes, quand il veut, et comme il l'entend.

Le rendez-vous avec Pavet se déroule dans un hôtel, le « Montesquieu » dont il lui a communiqué l'adresse. Cet hôtel est au centre de la ville, il est vingt heures trente, elle y parvient à pied en moins d'un quart d'heure. Pavet est déjà là, chambre 28. Il lui ouvre la porte de la chambre et veut l'embrasser, elle détourne ses lèvres pour que le baiser échoue sur sa joue. Il n'a jamais été question de s'embrasser goulûment avec la langue, surtout pas. Le rituel est appliqué, après quelques mots, elle enfile la tenue d'Avocat et l'homme réalise son fantasme, toujours le même. Elle supporte cette situation, car il ne se contente que de cela, il n'a jamais exigé de fellations, ou autres fantaisies rebutantes. Ensuite, l'acte accompli en quelques minutes, il se répand dans un discours interminable, évoque sa jeunesse, ses études, ses affaires, en fait il ne parle que de lui, et rien que de lui. Ce n'est qu'un peu avant minuit que Pavet lui glisse une enveloppe en déclarant :

— Ça, c'est pour la soirée, et le surplus est pour ta réussite, je suis fier de toi.

— Merci bien, c'est gentil répond Virginie en lui accordant un baiser sur la joue.

— J'espère que l'on se reverra bientôt, tu m'as manquée, tu sais.

Virginie le rassure, laisse Pavet sortir en premier, puis quitte l'hôtel dix minutes plus tard. Elle ne voulait pas sortir en même temps que lui pour ne pas éveiller des soupçons, quant à sa moralité, ne veut pas passer auprès du personnel et du gardien de nuit pour une prostituée. Cinq-cents euros, il ne s'est pas moqué d'elle le bougre. Voilà une somme qui va bien arranger ses affaires. Mais une fois de plus, il s'est époumoné pendant l'acte, comme s'il ne parvenait pas à en finir, et a eu beaucoup de mal à reprendre son souffle. Il avait le visage rouge, presque violacé, et au début parvenait difficilement à articuler quelques mots, avant de reprendre ses longues litanies. L'inquiétude naît dans l'esprit de Virginie, pourvu qu'il ne meure dans un hôtel à une prochaine occasion. Elle décide de lui en parler franchement au prochain rendez-vous.

En sortant de l'hôtel. Elle ne voit pas un homme, assis dans une Audi grise A 5 coupée, qui l'observe à la sortie de l'établissement. Elle est seule, et repart vers son domicile, suivie de loin, à pied par le conducteur de l'Audi, qui a laissé son véhicule en stationnement près de l'hôtel.

Renaud Bartoli avait été intrigué par la réponse de Virginie, son refus de sortir ce soir même. Avait-elle un petit ami ? Il fallait qu'il le sache. En bon flic, dès dix-neuf heures il entreprend une planque devant l'immeuble de la jeune femme. L'attente est longue mais ne le décourage pas. Passe-t-elle une soirée en amoureux avec son ami ? à domicile ? Il attend longtemps, en écoutant la radio. Son effort est enfin récompensé. Vers vingt-heures trente, la jeune femme sort de son immeuble, elle est seule et emprunte les trottoirs à pied. Il entreprend de la suivre de loin avec son véhicule. Il est contraint de ralentir, de stationner sa voiture quelques secondes, pour garder Virginie en vue, sans être vu. D'un coup, il ne l'aperçoit plus au niveau de l'hôtel « Montesquieu ». Il n'y a pas de doute, elle est entrée dans cet hôtel. Il attend, dans sa voiture stationnée presque en face du bâtiment. Au volant de son Audi, le temps lui paraît long, très long. il s'endort un peu, s'en rend compte, et met le son de la radio un peu plus fort pour ne pas s'endormir définitivement.

Quelques clients sont sortis de l'hôtel, deux couples, une femme seule, trois hommes aussi, puis un autre. Il lui semble reconnaître ce dernier : un Avocat dont il ne se souvient plus le nom, mais qu'il avait aperçu au Palais de Justice, à la rentrée Judiciaire de septembre 2016. Peu importe, il attend encore. Cinq minutes plus tard, il voit réapparaître Virginie. Il décide de laisser là son véhicule et de la suivre à pied. Quelques minutes plus tard, il voit la jeune femme s'engouffrer dans son immeuble. C'est perplexe qu'il regagne sa voiture puis son appartement.

Nous sommes le quatorze juillet. Renaud Bartoli a dormi par épisodes. La longue période passée à l'hôtel de celle qu'il entrevoit comme sa toute prochaine liaison l'a intriguée. Qu'y faisait-elle ? Il voudrait bien douter mais il finit par se résoudre à admettre que cette femme se prostitue. Bien entendu, ce soir il ne lui posera pas de questions, il ne faut pas qu'elle imagine avoir été espionnée, surveillée. Ce serait la fin d'une aventure qui n'aurait pas encore commencé. Après ses ablutions matinales, il se rend au Commissariat, constate que rien d'important n'a été commis cette nuit et descend au « balto » où il commande un café.

Le téléviseur du bar est allumé et on peut y voir le défilé des régiments de soldats, et autres unités de défense ou de protection de l'état. Ces hommes marchent d'un pas franc, parfaitement alignés.

Aucune femme, aucun homme ne déroge à cette perfection devant ce jeune président, récemment élu, au regard froid, à la posture raide. Cet homme, malgré son jeune âge, a vite endossé son nouveau costume de dirigeant du pays. À ses côtés, un autre nouveau président, celui des États-Unis. Grand, massif pour ne pas dire un peu grassouillet, cet homme à la coiffure blonde grotesque, au sourire pincé et dédaigneux, regarde froidement le spectacle, mais laisse entrevoir un léger sourire au passage des avions, qui larguent des traces de fumées tricolores à leur passage sur la capitale.

Renaud prend un, puis deux cafés. Il consulte le journal « La voix du Nord » commande un troisième café avant de rentrer chez lui. Depuis sa séparation avec Marion chez qui il vivait, il demeure dans petit appartement loué sur la place du Parvis Saint-Maurice. Son logement comporte un petit balcon au deuxième étage. Il est composé de trois pièces : une cuisine, une salle, une salle d'eau avec douche, un cabinet de toilette et deux chambres. Il estime que cela lui suffit pour le moment.

Il avait dû dénicher cette location un peu dans l'urgence, à un endroit qui finalement lui convient. Il s'est attaché à améliorer l'aspect un peu vieillot du décor, y a apporté de la modernité. Il lui arrive de recevoir des amis, et quelquefois des conquêtes de fortune, il fallait donc que l'endroit soit un peu chic. C'est ici qu'il compte bien conclure sexuellement avec Virginie, mais pas trop vite.

Il est midi, il appelle Virginie, lui demande si elle a bien dormi, et si elle a passé une bonne soirée. Sans se démonter, la jeune femme répond qu'elle a effectivement bien dormi après avoir fait la « plonge » dans un restaurant. Renaud est dubitatif mais n'insiste pas :

— Si tu le veux bien, je te prends devant chez toi vers vingt heures ?

— D'accord, je serai prête. À tout à l'heure.

La « plonge » dans un restaurant a-t-elle dit ? Cet hôtel ferait-il aussi restaurant ? Le Commissaire est intrigué, il va falloir qu'il se renseigne. Bien entendu, il préférerait cette version, mais n'en est pas sûr du tout.

Un peu avant l'heure prévue, Renaud revêt un pantalon beige, avec ceinture en cuir naturel, une chemise jean, et enfile des mocassins également en cuir naturel. Un zeste d'eau de toilette diffusé derrière les oreilles et sur le torse, et l'homme est fin prêt à engager un combat qu'il se doit de gagner, avec de la finesse.

Le soir, à l'heure prévue, Virginie descend de son logis et rejoint la voiture du Commissaire Bartoli. Renaud la trouve superbe. Elle porte une jupe fuseau de couleur crème, courte et moulante, froncée vers le bas, et un chemisier rouge-carmin à manches courtes, légèrement entrouvert. Escarpins blancs, pochette blanche, léger gilet blanc au bras complètent sa tenue. Ses cheveux sont attachés en chignon, avec une mèche savamment négligée, tombante et ondulée d'un côté. Chaîne, bracelets et bagues enjolivent le cou, les poignets, et les doigts de la dame. Renaud est subjugué, cette femme est absolument ravissante et particulièrement excitante. C'est avec courtoisie qu'il s'empresse de lui ouvrir la portière du passager avant de son Audi. Assis à côté d'elle, il s'enhardit :

— Vous êtes magnifique, on se fait la bise.

— Bien sûr, alors on se tutoie aussi ? Monsieur le Commissaire.

— Il n'y a pas de Commissaire ici. Je suis Renaud… Renaud tout simplement… Virginie.

Ils échangent un baiser sur les joues et Renaud prend la direction de Bondues.

Le restaurant a de la classe, poutres apparentes, tentures rayées, sièges cossus jaune clair. Le décor est judicieux et convient parfaitement aux jeunes gens qu'une serveuse a installés à une table de deux, éclairée par une petite lampe faisant office de chandelle. Les commandes sont passées, champagne en guise d'apéritif, poireaux vinaigrette et œufs de caille pour madame, pâté de lièvre chaud pour monsieur, filet de dorade poêlé pour les deux, et banana split pour finir, le tout arrosé d'un de Bordeaux Haut Médoc.

La conversation entre Renaud et Virginie est assez banale. On parle des familles de l'une et de l'autre. La mère de Virginie demeure avec ses frères et sœurs à Saint-Valery-sur-Somme, les parents de Renaud sont depuis toujours à Rouen. On évite d'entamer des questions sur la vie amoureuse de chacun. Renaud parvient quand même à entreprendre Virginie sur son activité nocturne d'hier.

— Ce doit être dur de faire la « plonge » le soir, dans un restaurant, non ?

— Oui assez, mais je n'ai pas beaucoup de revenus, donc cela me procure un petit pécule et j'en ai besoin pour finir mes études.

— Bien sûr, il faut payer ton logement. Mais tu ne le fais que dans un seul restaurant ?

— Ah ! je vois, le Commissaire est de retour. C'est un interrogatoire ?

Bartoli comprend qu'il ne faut surtout pas insister, il dérive de cette conversation pour évoquer l'avenir de la demoiselle, plus précisément le métier qu'elle aimerait exercer. Virginie explique qu'elle ne le sait pas encore, sans doute Avocate pénaliste, mais rien n'est arrêté.

— Oh ! mais nous allons être rivaux. Moi flic, toi : Avocate, j'adore cette idée déclare le Commissaire en posant sa main sur celle de Virginie.

Elle se laisse effleurer le dos de la main sans la retirer, et affirme en souriant, que dans ce cas, il aurait intérêt à transmettre des procédures irréprochables.

Les échanges sont détendus, les regards se font complices, l'ambiance demeure tout de même feutrée. Chacun ressent une attirance morale et physique pour l'autre, mais aucun éloge, aucune flatterie n'émerge dans leurs propos. La fierté de l'une et de l'autre l'emporte sur le désir d'exprimer le moindre compliment.

Renaud l'a décidé ainsi, et se contient, il ne veut pas passer pour un dragueur lourd. Virginie pour sa part a fait le choix de laisser venir son cavalier du soir. Elle sait déjà qu'une relation amoureuse avec cet homme en est à ses balbutiements. Il est bel homme, charmant, intelligent, mais malin aussi. Elle sera à lui et s'en réjouit, il faudra seulement qu'elle ne tombe pas amoureuse. L'amour est un sentiment qu'elle ne connaît pas, elle n'a encore jamais été amoureuse d'un homme. Elle ne sait si elle saurait maîtriser un tel sentiment, une véritable passion, et s'engage intérieurement à ne pas y céder. Pour sa part, Renaud est déjà conquis, il la veut, il l'aura, mais pas seulement pour une fois. Ce ne sera pas une passade, mais une véritable aventure. Il est vraiment conquis par la beauté, les manières, et l'esprit de cette femme. Il a l'impression d'être ensorcelé.

La soirée se termine dans un bar de Lille. Ils se mettent en terrasse. Il ne fait pas encore très frais mais Virginie endosse son petit gilet blanc. Promesse est faite de se revoir au plus vite, soit au retour de Renaud d'Antibes, où il compte rendre visite à sa sœur, son beau-frère et leurs deux enfants. Renaud assure à sa compagne du soir qu'il a passé une très agréable soirée. Virginie, elle aussi, est enchantée par ces moments en sa compagnie. Elle est raccompagnée chez elle. Elle n'invite pas Renaud à monter dans son studio, et celui-ci n'insiste pas. Avant de se quitter, ils échangent un baiser sur les joues, puis en un bref instant, Renaud pose un doux baiser sur les lèvres de Virginie qui ne se dérobe pas. Les adieux sont difficiles. La voiture démarre, Renaud est content de lui, il a su patienter, il a pu contenir sa folle envie de la prendre dans ses bras. Il n'a qu'une hâte, la revoir, la revoir vite, très vite.

******

Chapitre 4

Kévin Gorski a téléphoné au gitan, le rendez-vous est fixé au vendredi 28 juillet à neuf heures du matin. Pédro Ortica a été clair au téléphone. Il sera dans le même secteur qu'au début du mois, de neuf heures à neuf quinze. Si l'acheteur n'est pas présent, il repartira avec le matériel sans citer les mots « armes ou pistolets ». Panpan ne veut pas rater cette occasion, il sera rue de Reims à Wattignies, au même endroit que la dernière fois, dès huit heures quarante. L'oncle Charles a bien voulu lui prêter sa Renault Clio. Il n'en a pas besoin avant treize heures trente. En effet, Charles Duroi a été embauché pour un essai de trois mois, comme manutentionnaire, dans un magasin de grande surface de la ville. Il travaille une semaine le matin, et la suivante, l'après-midi. Il ne prend son service qu'à quatorze heures, Kévin peut donc disposer de son véhicule.

Kévin trouve une place de stationnement rue de Reims, presque au même endroit qu'au premier rendez-vous. Il y a peu de passages de véhicules, et de rares piétons. Assis au volant, il trépigne, ne tient pas en place. Il a hâte d'en finir avec cet achat, pressé de sentir dans la paume de sa main un véritable pistolet, arme qui lui permettra d'effrayer davantage ses futures victimes, ne serait-ce qu'en tirant juste à côté de la personne visée. Il a emporté quatre-cent-dix euros en billets, argent accumulé lors de ces vols. Il n'a pas besoin d'avoir un emploi, son boulot c'est gangster, son héros c'est Mesrine. Il aime faire peur, se sentir fort, important. Lire la frayeur, l'angoisse, sur le visage de ses proies, presque toujours des femmes, l'électrise. Il jouit de son pouvoir du moment. Il agissait avec un faux pistolet qui tirait des balles à blanc, bientôt, il aura une arme de poing réelle. Il est impatient de connaître les propositions du manouche.

Oui, c'est ça son boulot, ce n'est pas voyou, pas petit voleur, mais gangster, voilà… un vrai gangster. Certes, il va devoir déménager, l'oncle a été clair. Kévin a déjà son idée. Pour obtenir un logement, il lui suffira de subtiliser les fiches de paye du tonton et de les mettre son nom. Il connaît un ancien détenu, aujourd'hui remis en liberté, condamné en tant qu'auteur de faux documents et escroqueries. Il lui sera facile de falsifier le document du tonton. Il avait fait la connaissance de cet homme lors de sa détention à la prison de Sequedin.

Soudainement, un homme frappe à la vitre de sa voiture, c'est Pedro. Il n'a rien sur lui, pas de sac, pas de valise. Kévin est perplexe, serait-il venu pour rien ? Dans un premier temps, il est manifestement contrarié. Pedro qui n'arrête pas de regarder autour de lui l'interpelle :

— Tu t'appelles comment ?

— Kévin Gorski, je te l'ai déjà dit, je crois

— Ton adresse ?

Kévin qui ne comprend pas la méfiance de Pedro lui communique l'adresse de son oncle. Pedro apporte une explication :

— Si jamais tu te fais prendre, tu n'as pas intérêt à parler de moi. C'est bien compris, sinon, tôt ou tard, t'es mort.

— Je te promets que je ne parlerai jamais de toi. Je te l'ai dit. Juré.

— Alors, tu continues tout droit jusqu'au prochain croisement, et là tu tournes à gauche rue Montesquieu. Tu stationnes cent mètres plus loin sur la droite. Je t'y rejoins.

Kévin obtempère, met le moteur en route et stationne la Clio à l'endroit indiqué. L'endroit est désert. On se trouve dans une cité-dortoir. Il attend de nouveau. Cinq minutes plus tard, Pedro le rejoint avec une petite valise. Il s'assied à la place du passager avant et demande à Kévin de lui passer son portable.

— Tu as mon nom, et mon numéro de téléphone dans ton répertoire, alors tiens reprends-le, je te surveille, efface-moi ça tout de suite.

Kévin s'exécute. Pedro jette de nouveau un regard circulaire, puis ouvre la valise. Son voisin a les yeux hors de la tête. Trois pistolets lui sont proposés. Un pistolet Beretta 22 long rifle, un pistolet Sig Sauer 22 long rifle également, et un pistolet Glock 9 mm.

Kévin observe les trois armes, les prend en main l'une après l'autre, prend son temps, ce qui a pour effet d'énerver Pedro.

— Hé, on va pas y passer la journée. Tu te décides ?

— Les prix ?

— Je te fais les 22 LR à trois-cents euros, le Glock à trois-cent-quatre-vingts, alors vite, décide-toi.

— Je prends le Glock. Et les munitions ?

— J'y ai pensé bien sûr. Tu me donnes quatre-cents, et j'ajoute une boîte de vingt balles 9 mm parabellum. Ça te va ?

Kévin sort de sa poche quatre-cents euros, somme que vérifie scrupuleusement Pedro, et repart avec l'arme et la boîte de cartouches. Il est particulièrement content, aspire à rentrer chez l'oncle pour admirer ses emplettes, démonter puis remonter le pistolet. Ce n'est pas une arme qu'il a achetée, c'est un jouet. Son jouet.

******

Il est passé huit heures, Bachira se lève, baille, s'étire, enfile un fin peignoir de couleur rose, et se dirige dans la cuisine. Elle est seule, Kévin est parti depuis une dizaine de minutes, il semblait agité, et pressé de s'en aller. Elle sait qu'il doit rencontrer un homme ; un manouche, comme il l'a annoncé, pour l'achat d'un pistolet : Un vrai, qui tire des balles réelles. Cela fait plusieurs jours que Panpan lui rebat les oreilles avec ça, en assurant qu'ils allaient se faire encore plus de fric, grâce à cette arme. Il lui a assuré qu'il ne tuerait personne, mais le connaissant, Bachira craint le pire. De toute manière, elle sait qu'elle fera comme il voudra. Elle ne peut pas refuser quoi que ce soit à Kévin. Il la domine, la commande comme son maître. Il est un peu plus cultivé qu'elle, lui, il a son BEPC, alors qu'elle a beaucoup de mal à lire. Donc, c'est normal, il est plus intelligent, plus malin, plus fort, elle lui obéit.

Mais sa pensée chemine vers l'oncle qui est toujours dans sa chambre. Il doit s'accorder une grasse matinée. Bachira se souvient de son état de la veille : il avait picolé toute la soirée, en racontant sa jeunesse, son divorce, son nouveau boulot, et s'était vanté du nombre de femmes qu'il a pu séduire. Léontine est la plus récente, et il va vivre avec elle, « ce sera la toute dernière, c'est sûr », affirma-t-il dans son délire alcoolique. Il revient dans la pensée de Bachira, ce fameux après-midi du début du mois, pendant lequel Charles avait profité de l'absence de Kévin, pour la prendre sur le canapé. Cette fois, il ne s'était pas contenté de caresses, ou de pelotages, il l'avait pénétrée. Elle avait ressenti un certain plaisir ce jour-là.

Il avait su lui parler, lui dire des mots doux, lui susurrer qu'elle était belle. La relation avait été nettement plus longue qu'avec Kévin, plus agréable surtout, mais surtout, trop vite interrompue par l'arrivée soudaine de son petit ami. C'est le souvenir de cette sensation délectable qui incite la jeune femme à se rendre dans la chambre du tonton.

Avant de le rejoindre, en passant dans la salle, elle s'arrête face à un miroir accroché au-dessus d'un leurre de cheminée. Elle desserre la ceinture de sa robe de chambre, descend la partie haute jusqu'à la taille, et observe sa poitrine. Charles ne lui avait pas dit qu'elle avait des « grosses totottes », il lui avait dit qu'elle avait de « très jolis seins ». Elle prend ses seins dans ses mains par le dessous, les soupèse. Oui, ils sont gros, trop gros pour elle. Ils sont même parfois handicapants, gênants. Elle a parfois des difficultés pour trouver des vêtements. Le contraste entre le haut de son corps et le bas est important, il lui faut du XL en haut et du M en bas. Il lui est difficile de trouver un vêtement d'une seule pièce, comme une robe. Quand elle essaie un chemisier, elle réussit difficilement à fermer les boutons, car cela bâille beaucoup trop entre les boutonnières.

Bachira n'est peut-être pas intelligente mais elle s'intéresse beaucoup à l'habillement, à la mode. Elle aime regarder les photos des tenues des mannequins dans les magazines. Elle envie ces femmes, minces, aux longues jambes, à la poitrine menue. Jamais elle ne pourrait porter les mêmes vêtements.

Elle pense à sa mère, se compare. Elle lui ressemble, c'est évident, et cette similitude ne l'emballe pas. Elle devine comment elle va devenir en vieillissant. Elle a déjà une lourde et forte poitrine alors qu'elle n'a pas encore dix-huit ans, mais elle en revient aux termes employés par L'oncle. Les mots aimables employés par Charles sont rassurants : « tu as de très jolis seins », avait-il dit. Il avait été gentil. C'est décidé, elle se dirige vers sa chambre, et pousse doucement la porte.

Le volet est baissé, on est dans la pénombre. Bachira constate que Charles dort profondément et ronfle assez bruyamment. Ses yeux voient de mieux en mieux, et finissent pas s'accoutumer à l'obscurité. Il n'est pas couvert, il avait sûrement trop chaud avec la chaleur qui règne, même la nuit, en ce mois de juillet. Il n'a sur lui qu'un maillot de corps bleu, un « marcel ». Il est sur le ventre, les fesses nues tournées vers le plafond. Elle dénoue sa robe de chambre, la laisse choir au sol, et s'allonge nue sur le lit à ses côtés. L'oncle ne bouge pas, il pas encore senti la présence de la jeune femme. Cette dernière s'approche, se met à genoux et fait glisser la pointe de ses seins sur les fesses de l'homme. Charles se réveille brutalement, il se retourne et constate la présence de la copine de son neveu, complètement dénudée. Surpris il lui prend le poignet :

— Toi ? Ici ? Mais Kévin ?

— Il est parti, avec ta voiture, tu sais bien !

— Si tôt ? Ah ! Je comprends, t'es venue dans mon lit, toute nue. Donc tu veux…

— Pas baiser… non pas baiser… faire l'amour, comme tu dis : faire l'amour.

— Oui ma chérie, mais il ne faut rien dire à Kévin, compris.

Bachira ne répond pas, il a bien dit « ma chérie », elle lui fait un signe d'approbation de la tête. Elle ne dira rien. Elle caresse ensuite le sexe de Charles, puis le prend en bouche. Elle entreprend une fellation mais éprouve un petit écœurement, elle trouve l'acte peu ragoûtant, l'homme ne s'est même pas lavé hier soir, il s'était enivré, et évidemment ce matin non plus. Il y a l'odeur, mais aussi le goût, un goût d'urine en fait, très désagréable. Malgré tout, elle s'efforce de continuer ses manœuvres. Elle a l'habitude, avec Kévin c'est très souvent la même chose. Elle sait faire, car son petit ami lui demande toujours de faire ça, et il ne se préoccupe vraiment pas de son hygiène. L'oncle se laisse sucer tout en caressant les seins de la jeune femme. Au bout d'un moment, il lui demande de se mettre sur le dos. Il glisse sa main entre ses cuisses, et d'un doigt, la caresse à un endroit précis qui fait jaillir un gémissement de plaisir de sa partenaire du moment. Il agite son doigt plus rapidement et à peine une minute plus tard, c'est l'extase, un moment d'une extrême et puissante jouissance. Elle ne peut s'empêcher d'émettre des cris euphoriques. Ce qu'elle ressent est intense, quelque chose qu'elle n'a jamais connu. Jamais Kévin ne lui a fait cela. Charles attend un peu tout en caressant le corps de Bachira. Il l'incite gentiment à se mettre à quatre pattes, et la pénètre par-derrière.

Tout en se penchant vers elle, pour glisser des mots d'amour à son oreille, il opère ses va-et-vient pendant plusieurs minutes, avant d'éjaculer en elle. Il est enchanté, elle est ravie, elle a joui aussi de cette manière, d'une façon différente. Bachira connaît enfin l'amour physique, la révélation de réels orgasmes, pour la première fois de sa vie.

Que ce soit dans les caves, quand elle était adolescente, ou avec Kévin, c'est elle qui devait toujours donner du plaisir aux garçons, en les masturbant. Jamais personne ne s'était soucié de ses envies, jamais personne ne s'était occupé d'elle, de son corps, hormis pour malaxer et peloter ses seins.

Charles attrape sa montre et regarde l'heure, il est presque neuf heures quinze, il faut se séparer, se laver, s'habiller. Kévin pourrait revenir d'un instant à l'autre. Une fois de plus, l'oncle exige de Bachira, encore émue, son silence. C'est très important, il connaît bien son neveu, et sait de quoi il est capable. Parfois, c'est un fou furieux, il est déchaîné et en plus, dans quelques instants il va revenir avec une arme réelle.

Charles le redoute, il considère que Kévin n'est pas tout à fait normal, il a déjà démontré des accès de folie. Bachira promet, elle aussi, elle a peur de son compagnon. Elle sait aussi de quoi il est capable, elle a déjà subi des tortures, et parfois des coups violents. Elle est en quelque sorte son souffre-douleur. Alors le tonton peut être rassuré, elle ne dira rien.

Kévin est de retour, ne dit pas un mot mais pose immédiatement son pistolet Glock sur la table de salle à manger. Il prend l'arme en main, la passe d'une main à l'autre, et vise un objet, puis un autre. Il examine la boîte de balles juste à côté. Il meurt d'envie d'alimenter le chargeur mais se ravise. Pourtant, il a une envie folle de l'essayer. Pour lui, c'est le plus beau jouet de sa vie, il s'est offert un superbe cadeau.

— Qu'est-ce tu comptes faire avec ça ? questionne Charles.

— Avec ça, ils me donneront leur fric plus vite, t'inquiète, je ne vais tuer personne.

— Dans ce cas pourquoi tu t'en es procuré un vrai ?

— Si on me résiste, je tire en l'air, ils verront que c'est pas un jouet.

Charles ne dit rien, se dirige dans la cuisine et se prépare un café. Bachira a entendu la conversation et à son tour prend la parole :

70

— C'est vrai hein, tu ne tueras personne ? Je veux pas que tu tues, ça je veux pas.

— Ouais, bon ça va, je ne tuerais pas. Voilà t'es contente. Maintenant, on va l'essayer. Puis s'adressant à son oncle — Tu me laisses ta voiture encore une heure ou deux, je serai revenu pour midi, promis.

Charles revient dans la salle, une tasse à la main. Tout en restant debout derrière son neveu. Il observe le Glock puis déclare :

— D'accord pour la voiture mais il faut que tu sois rentré pour midi. Ensuite, il faudra déménager d'ici. Tu comprends, moi je ne veux pas d'emmerdes. Si on trouve l'arme chez moi, sûr que les poulets m'embarqueraient. Alors, dépêche-toi de vous chercher un logis. Maintenant, j'ai un boulot et je tiens à le garder. C'est OK ?

Kevin, accompagné de Bachira se rend dans la campagne. Après avoir emprunté la Nationale 41, il se dirige vers la commune de Beaucamp-Ligny. Bien avant d'atteindre cette petite ville, il bifurque vers un petit sentier de terre battue sur sa gauche, et stoppe la Clio une centaine de mètres plus loin.

L'endroit est désert. Le couple descend de voiture. Kevin extirpe le pistolet de dessous son siège, ainsi que la boîte de munitions. Il alimente le chargeur de quatre balles et vise une branche d'arbre située à une trentaine de mètres de son endroit. Il s'applique et fait feu. Le bruit oblige Bachira à se couvrir les oreilles de ses mains. La branche n'a même pas été effleurée. Kevin se rapproche un peu, et à une vingtaine de mètres, renouvelle l'opération. Là encore, la branche est restée intacte. Énervé, Kevin se rapproche à une dizaine de mètres vise de nouveau son objectif en prenant son temps et tire. Enfin, la balle a touché la cible. Kevin est content. Certes, il était très près de son objectif mais finalement ça lui convient. Son jouet fonctionne, les coups de feu sont tonitruants ce qui lui procure un certain plaisir, contrairement à Bachira qui relève surtout un réel désagrément. Kévin est prêt. Dès cet après-midi, ils passeront à l'action.

De retour à l'appartement de l'oncle, il repense à son injonction. Quitter son appartement, mais pour aller où ? De toute manière, arme ou pas, Charles veut qu'ils s'en aillent. Il faut laisser la place à « cette vieille morue de Léontine ». Kévin a vu le tiroir où Charles avait rangé son contrat. Il suffira de falsifier l'identité par son copain escroc, et le présenter à un logeur. Ce sera fait rapidement, mais il leur faudra beaucoup d'argent pour équiper leur future demeure. Il est urgent de passer à l'action.

******

Samedi 22 juillet 1017, Valentine Garaux vient de passer trois fois devant le bureau de Tabac à l'enseigne « le chiquito », près du centre de la ville de Lambersart. Au volant de sa Renault Scénic. Elle s'exaspère, impossible de se garer. Aucune place n'est disponible. Tant pis, elle n'en a que pour quelques secondes, le journal et son paquet de cigarettes, elle repartira aussitôt. Elle sort son porte-monnaie, elle connaît parfaitement le prix du journal « La voix du Nord » et le montant de son paquet de cigarettes. Elle se gare en double file après avoir mis ses feux de détresse et se précipite dans la boutique, monnaie préparée en main. Un homme est devant elle, elle enrage de le voir présenter des billets de loto les uns après les autres à la caissière. Cet imbécile lui fait perdre du temps. Elle s'impatiente, et jette de temps à autre un regard vers sa voiture dont elle ne voit que le coffre.

C'est enfin son tour, elle passe sa commande et déverse la somme exacte sur le comptoir, elle peut repartir enfin.

Elle sort, et désespérée, constate que sa voiture n'est plus là. Elle l'aperçoit au loin, tout au bout de la rue. Elle court dans la direction du véhicule qui s'éloigne, se tord une cheville, puis tombe sur le bitume du trottoir, elle souffre, se masse le pied. Des passants s'approchent d'elle, l'aident à se relever, l'interrogent. Faut-il appeler le SAMU ? Son constat est irrévocable, on lui a volé son véhicule. Elle enrage, pleure de colère. Un homme lui propose de la conduire au Commissariat. Elle ne répond pas, elle ne fait que penser à ce qui vient de se passer. Elle avait laissé son véhicule avec moteur en marche, les clefs bien sûr au contact. Elle réalise aussi que son sac à main était sur le siège avant, avec ses papiers d'identité, son argent, ses cartes bancaire et vitale, c'est la catastrophe. Il y avait aussi le cadeau prévu pour l'anniversaire de son fils, une belle montre d'un prix élevé. Une Festina d'un peu plus de cent-cinquante euros. Il ne lui reste que son paquet de cigarettes et son journal. L'homme insiste, il peut la conduire où elle le désire, au commissariat ou chez elle. Elle n'avait pas vraiment écouté, mais sort enfin de sa torpeur, porte attention à sa proposition, puis finit par accepter qu'il la raccompagne à son domicile. Son mari s'occupera d'elle et des démarches. Valentine a vécu l'une des plus mauvaises journées de sa vie.

Kévin au volant de la Renault exulte, il porte un léger blouson de toile et a enfoncé son pistolet dans le ceinturon de son jean au niveau du rein. Il n'a pas eu besoin de s'en servir. Bachira, assise à la place du passager avant, a glissé le sac à main sous son siège, sur les ordres de son ami. Ils vont sortir de l'agglomération Lilloise, et pourront tranquillement apprécier le contenu du sac. Kévin roule, et sans but précis, rejoint l'autoroute A 23. Il est content d'avoir pensé à enfiler des gants en latex, comme ceux des docteurs, les flics n'auront pas ses empreintes. Quant à Bachira, elle n'est pas connue de leurs fichiers.

Il emprunte la sortie pour rejoindre la toute première aire de repos. Elle est assez éloignée de l'axe autoroutier. Des gens sont assis aux tables, se désaltèrent, se restaurent. C'est tout au bout du parking que Kevin gare la voiture. Ils peuvent enfin explorer le contenu du sac. Ils y trouvent de l'argent liquide, près de cent-soixante euros, ne conservent que cette somme ainsi que carte bancaire qui leur servira à sortir de l'autoroute. Bachira constate la présence d'un paquet cadeau sur la banquette arrière. Elle s'apprête à l'ouvrir mais Kevin s'en empare. « Chouette une belle montre » ! il n'a pas perdu son temps. Mais maintenant, il va falloir abandonner cette voiture et sortir de là. L'alerte du vol a sans doute été diffusée.

Le couple s'éloigne de la Renault. Kévin observe les gens qui regagnent leurs véhicules, il a déjà une idée, toujours la même, s'emparer d'une voiture pour rejoindre le quartier du domicile du tonton. Ils se trouvent presque au bout du parking.

Gérard Lemercier, retraité de l'éducation nationale, s'apprête à monter dans sa Peugeot 208 de couleur blanche. Il est assez satisfait de cette récente acquisition, la voiture est confortable, le moteur ronronne bien. Pour cet ancien professeur d'espagnol, c'est presque l'idéal. Il doit maintenant rejoindre son épouse à Valenciennes. Le repas organisé à Lille par l'un de ses anciens collègues de lycée, et qui a réuni une douzaine d'anciens enseignants, s'est déroulé dans une bonne ambiance. Les souvenirs évoqués par les uns et les autres ont quelquefois ému, ou amusé les convives. Lemercier est content, il s'est arrêté pour un besoin urgent et actionne l'ouverture des portières de son véhicule.

Un homme d'une bonne vingtaine d'années fait irruption face à lui, une arme de poing à la main.

— Tu me donnes tes clefs pépère, et vite, sinon je te plombe.

Le jeune homme a l'air résolu, son regard est hargneux, il porte des gants en latex et dissimule le bas de son visage avec un léger foulard. Il est inutile de résister. Gérard Lemercier s'était mis tout au bout du parking, proche de la sortie car tous les autres emplacements étaient pris en cette fin de juillet. L'endroit n'est pas fréquenté. Il accède donc à l'ordre intimé par son agresseur, et lui tend le jeu de clefs. « On ne sait jamais, cet homme est sans doute un drogué, il est sage de ne pas lui résister, il fait peur ».

— Maintenant, tu tires ton portefeuille de ta veste et tu vides tes poches. Tu mets tout ça sur la banquette arrière et vite, compris !

Le ton est sec, élevé et criard. L'homme est énervé, c'est angoissant. Lemercier ne peut qu'obéir. Il a bien vu que le malfaiteur avait le doigt sur la queue de détente de son arme.

— Maintenant, tu repars vers le bâtiment des toilettes sans te retourner, je te braque en continu, si tu te retournes, je tire.

Presque en tremblant, Lemercier marche dans la direction ordonnée, il ne se retourne pas mais entend bien le bruit de moteur de son véhicule qui s'éloigne, puis s'arrête quelques secondes. Un bruit de portière résonne, et la voiture redémarre, puis plus rien.

Kévin a démarré en trombe, s'est arrêté cent mètres plus loin pour embarquer Bachira, reprend l'autoroute et sort à la première bretelle. Il règle le montant avec la carte bancaire de la dame de Lambersart puis stationne la Peugeot dans le quartier de Wazemmes. C'est à pied que les deux complices rejoignent le domicile de Charles. Cent-trente euros dans le portefeuille du vieux monsieur, et sept euros en pièces de monnaie. La première bouche d'égout accueille l'inutile.

Kévin est satisfait de sa journée, d'autant plus que dorénavant il détient le contrat de travail de son oncle qu'il a momentanément subtilisé, et qu'il pourra faire falsifier par son ancien codétenu.

******

Chapitre 5

Renaud Bartoli avait promis à sa sœur de lui rendre visite pendant les vacances scolaires d'été. Annabelle Bartoli, professeur de musique, mariée à Jean-François Libert est mère de deux enfants, deux garçons âgés de sept et neuf ans ; Lucas et Martin. Ils demeurent près d'Antibes et voilà presque deux ans que les gamins n'ont pas revu leur oncle Renaud, qu'ils appellent « Nono » depuis qu'ils sont petits. Annabelle est contente, elle espère accueillir son frère au moins pendant une dizaine de jours. Renaud Bartoli, au volant de sa voiture, circule sur les autoroutes qui vont le conduire sur la Côte d'Azur. Il n'avait rien prévu de particulier pour ces quinze jours de vacances, et se réjouit de pouvoir partager quelques jeux et sorties avec cette petite famille. Néanmoins, il a de temps à autre à l'esprit sa nouvelle amie : Virginie.

Il repense à ce dîner et cette soirée, a l'espoir de la revoir le plus rapidement possible. Il n'ose pas se l'avouer mais cette femme l'a marquée profondément. Sa beauté, ses manières, sa classe ont ensorcelé le jeune Commissaire. C'est un fait indéniable, il est tombé fol amoureux d'elle. Il ne doute pas un instant qu'ils seront amants, en tous les cas il le souhaite ardemment, et il fera tout pour qu'il en soit ainsi. Mais quelque chose le chiffonne. Ses fameux extras. Elle ferait la plonge pour payer une partie de ses études ? La plonge ? Il n'y croit guère. Il se souvient des mots d'Alexandra « on fait des extras mais à vous je ne peux pas en dire plus ».

Il craint le pire : se prostituerait-elle ? Une fille de cette classe ? Non ce n'est pas possible, il ne peut le croire.

Pourtant, il sait pertinemment que quelques étudiantes, et même des étudiants, pratiquent cette coupable et honteuse activité pour payer leurs études. Oui, mais pas elle ? Il n'est finalement pas résolu à l'admettre. Ses fameux extras ? C'est sûrement ça. Fait-on la plonge dans un hôtel qui ne fait pas restaurant ? Il n'est pas utile d'être un enquêteur chevronné pour le savoir. Il s'était vite renseigné sur ce point ; l'hôtel « Montesquieu » ne fait pas restaurant. Bien entendu, il était hors de question de l'aborder à ce sujet. Virginie s'était un peu braquée au restaurant de Bondues : « c'est un interrogatoire », avait-elle rétorqué. Alors il fera autrement, mais faut qu'il sache la nature exacte de ses fameux extras.

En fait, sa sœur demeure à Mougins, rue Saint-Barthélemy. La demeure est grande, de type provençal, aux murs de couleur ocre, la toiture couverte de tuiles canal. La propriété est implantée au sein d'un grand jardin aux pentes escarpées, tapissées de plantes locales : lavandes, reines des prés, et garni d'arbustes divers, palmiers, oliviers, camélias et gardénias.

Annabelle adore cet endroit. Elle exerce la profession de professeur de musique au conservatoire départemental de Nice. Violoniste très douée, elle faisait partie d'un orchestre réputé du Sud de la France, mais s'est résolue à opter finalement pour une situation plus stable. L'orchestre se déplaçait un peu partout et un peu trop souvent, en France mais aussi à l'étranger. C'était son plaisir, mais cela contrariait sérieusement sa vie de famille, d'autant plus que son mari, Jean-François Libert, est cardiologue au centre de médecine « plein ciel » de Mougins.

Renaud est accueilli comme un prince. Ils sont tous contents de le revoir enfin. Il est arrivé dans la soirée, et c'est dans le jardin qu'un repas raffiné et à la fois copieux, préparé par sa sœur, fut partagé dans une ambiance résolument gaie.

Renaud a déjà promis aux garçons de les emmener dès le lendemain sur la « la plage du soleil » proche de Juan-Les-Pins, pour se baigner et y faire quelques jeux, et le surlendemain, au parc d'attractions le « village des fous », à Villeneuve-Loubet.

Les promesses sont tenues. « Nono », le Commissaire en vacances, emmène ses neveux à la plage, puis le lendemain au parc d'attractions. Les sodas et les glaces offerts par le tonton du Nord, régalent les deux gamins. Tout se passe merveilleusement bien. À la demande de son frère, pendant la soirée, Annabelle consent à sortir son Stradivarius pour enchanter son petit public.

Il était convenu que Renaud s'installe une dizaine de jours à Mougins, mais trois jours après son arrivée, en début d'après-midi, n'y tenant plus, il se permet d'adresser un texto à Virginie en ces termes :

« Bonjour, Virginie ! je garde un excellent souvenir de notre soirée du quatorze juillet. Je pense beaucoup à toi. Je passe un agréable séjour dans la famille de ma sœur. Et toi, comment vas-tu ? Prends-tu un peu de vacances ? Au plaisir de te lire. Baisers ».

Renaud a hâte de recevoir une réponse rapide. Il augmente le son de son mobile et actionne le vibreur, pour être sûr de ne pas rater un SMS de retour de la femme dont il s'est entiché. L'écran de son portable demeure désespérément vide, sans la réponse attendue. Le jeune homme est déçu, est-elle tant désintéressée de lui ? A-t-elle un nouveau compagnon ? Trouve-t-elle sa démarche osée et prétentieuse ? il ne sait que penser, et c'est l'âme un peu triste qu'il passe une nouvelle soirée et une nouvelle nuit, dans la chambre mise à sa disposition par sa sœur.

Le lendemain, Bartoli se réveille tôt, et son tout premier geste consiste à se jeter sur son appareil portable, et de consulter sa messagerie. Rien, hormis deux annonces publicitaires qu'il s'acharne à supprimer aussitôt, avec agacement. Virginie n'a pas répondu. Pourtant, il a bien entendu la sonnerie de l'accusé de réception indiquant que son message avait été ouvert. La mort dans l'âme, il descend en cuisine où se trouve sa sœur. Une légère bise déposée sur sa joue, puis le silence, un silence un peu pesant.

— Ça n'a pas l'air d'aller fort Renaud, tu n'es pas bien ? Quelque chose ne va pas ? questionne Annabelle avec inquiétude.

— Si, ça va, je n'ai pas trop faim, voilà tout.

— On a fait, ou dit quelque chose qu'il ne fallait pas ?

— Non, je…

Une sonnerie retentit au loin et fait sursauter le jeune homme. C'est la sonnerie de son mobile qu'il a laissé dans sa chambre. Il se précipite, grimpe l'escalier à toute vitesse et se saisit de son appareil. Trop tard, la communication a été interrompue. Il constate que c'était elle. Oui, elle, Virginie ! Elle voulait lui parler et comme un « con », il avait abandonné son portable là-haut, lui qui le traîne partout depuis vingt-quatre heures. Elle n'a pas laissé de message, il tente donc de la rappeler illico, mais manque de chance, il n'obtient que sa messagerie. Il peut ainsi écouter la douce voix de celle qu'il désire. Malgré tout, il est content, elle a voulu le joindre, elle n'est donc pas restée de marbre à la lecture de son texto. Il tentera de nouveau de la contacter un peu plus tard. Il se décide enfin à absorber un café et manger un toast puis se dirige vers la douche. Il a retrouvé un peu le moral, mais se demande quand même ce qu'elle avait l'intention de lui dire.

Il chantonne sous la douche et une nouvelle fois, la sonnerie de son mobile retentit. Pas de chance, il ne peut répondre, est-ce elle ? « Décidément quand ça veut pas, ça veut pas », pense Bartoli. Il s'extirpe vite de la douche, se couvre d'un peignoir et consulte son portable. Oui, c'était bien elle. Il rappelle aussitôt, Virginie est là, de l'autre côté des ondes satellites, à plus de mille kilomètres mais tellement proche :

— Ah ! Virginie enfin ! je te prie de m'excuser, j'étais sous la douche.

— Je comprends, moi je ne vais pas tarder à y aller, je suis crasseuse, et il est tard.

Oh ! Comme le Commissaire aimerait se transformer quelques instants en savonnette, et glisser longuement sur la peau du corps de cette beauté, qu'il imagine soyeuse et veloutée. Cette douce pensée est courte, Renaud se reprend vite :

— Crasseuse toi ? Ça m'étonnerait et il n'est pas encore midi. Que fais-tu de beau ?

Un court instant se passe, on entend Virginie parler à quelqu'un sans que Renaud puis en comprendre les termes. Il reprend :

— Tu n'es pas seule ? Veux-tu que je te rappelle ? s'inquiète-t-il.

— Je parlais à ma mère. Curieuse comme elle est, elle voulait savoir à qui je téléphonais. Je suis dans ma famille en ce moment, à Saint-Valery.

— « Saint-Valéry » ? s'étonne le Commissaire.

— Saint-Valery-sur-Somme, avec un e, sans accent. Ma mère habite là avec mon frère et ma sœur, je ne t'en avais pas parlé ? C'est un joli petit port sur la baie de Somme, un endroit magnifique, tu sais.

— Je n'y suis jamais allé mais je ne veux pas mourir idiot, j'irai. Je sais que la baie de Somme est un lieu magnifique. Quand retournes-tu à Lille ?

— Je ne sais pas, je ne suis pas pressée. Et toi, tes vacances ?

— Je ne vais pas te faire un dessin, la Côte d'Azur, c'est splendide. Dommage que tu ne sois pas là, tu illuminerais les plages.

— C'est gentil mais je crois que tu me charries, mais je suis bien ici. J'espère qu'on se reverra à Lille. Je t'embrasse.

— Oui, moi aussi je t'embrasse, et très fort. J'ai hâte de te revoir.

Cette dernière phrase conclut la conversation. Renaud est enchanté, il est rassuré par les propos de Virginie. « J'espère qu'on se reverra à Lille ». Elle tient donc à le revoir. Mais ce sera quand ? Lui sur la Côte d'Azur, elle en baie de Somme. Plus de mille kilomètres les séparent. L'amour platonique, bien sûr, c'est bien, c'est rassurant, mais le plus court possible sera le mieux. L'érotisme, le charnel, l'entrelacement passionné de deux corps doivent forcément en être l'aboutissement. Au diable Platon ! il se prend à envisager un retour précipité dans le Nord, et pourquoi pas directement à Saint-Valery-Sur-Somme ?

Il va falloir en parler à sa sœur. Les quitter au quatrième jour, cela pourrait être vexant. Autant lui parler sans réserve de la passion amoureuse qui l'anime et le dévore.

C'est décidé, dès demain matin, il prendra la route, direction le département de la Somme. Il veut absolument revoir Virginie. Auparavant, d'une part, il expliquera à Annabelle la raison pour laquelle il écourte brusquement son séjour, et d'autre part il réservera une chambre dans un hôtel de cette ville en baie de Somme : Saint-Valery.

Annabelle a vite bien compris la soudaine volonté de Renaud à rejoindre le Nord. Son frère est follement amoureux d'une femme, et a une envie folle de rejoindre sa dulcinée. Il lui explique sa rencontre avec Virginie, et quand il avoue qu'il n'a jamais eu de relation sexuelle avec elle, Annabelle est perplexe, sidérée surtout. Son frère est amoureux d'une femme qu'il n'a jamais tenue dans ses bras. C'est insensé. Lui qui ne manque pas de succès avec les femmes, lui qui en a séduit plus qu'il n'en faut, lui qui a multiplié de multiples relations sexuelles, est amoureux d'une fille qu'il connaît à peine. C'est sans doute ça qu'on appelle : « Un coup de foudre » Voilà, c'est ça, son frère a été foudroyé. C'est à la fois formidable et dangereux. Finalement, elle comprend parfaitement son désir de la rejoindre, toutefois, elle lui fait promettre qu'il reviendra l'année prochaine, accompagnée de cette si jolie fille.

Renaud se jette ensuite sur l'écran à la recherche d'un hôtel à Saint-Valery – Sur-Somme. Manque de chance, tous les hôtels de la ville sont complets en cette fin du mois de juillet. Il faut élargir le rayon, et c'est au Cap Hornu situé à quelques kilomètres du centre de Saint-Valery qu'il peut retenir la toute dernière chambre disponible en cette période de l'année. Il assure qu'il y sera dès demain en fin de journée, mais ne peut en indiquer la durée. Afin d'être certain d'avoir cette chambre, il verse par internet et par carte bancaire un acompte pour la première nuitée.

******

Dès huit heures du matin, Renaud embrasse sa sœur, ses neveux et son beau-frère. Il grimpe dans son Audi, fait de grands signes à toute la famille et se dirige vers l'autoroute A 6, puis emprunte les autres autoroutes en direction du Nord. Il choisit de passer par Rouen et parvient à son hôtel du Cap Hornu vers dix-neuf heures. Le Commissaire n'a fait qu'un seul arrêt, et ne s'est pas gêné pour outrepasser les vitesses autorisées. Il prend possession de sa chambre qui ne donne malheureusement pas sur la mer, mais sur un écran de verdure agréable. La chambre est moderne mais il hérite non pas d'un lit de deux personnes mais de deux lits d'une personne accolés. Il s'en contente. Il n'avait pas eu le choix de toute façon, et avait retenu ce qui restait.

L'hôtel est charmant, est pourvu d'une piscine et dispose d'un restaurant très classe. Renaud a déjà son idée derrière la tête, il prend son téléphone et appelle Virginie :

— Ah ! Bonjour, Renaud. Comment vas-tu ? Quel temps fait-il là-bas ?

Il est ravi. Il n'a pas eu besoin de s'annoncer, Virginie a enregistré son numéro de téléphone avec son prénom. Il n'est donc pas n'importe qui pour elle.

— Bonjour, et toi ? Toujours chez ta maman. Ici, là où je suis, je peux t'assurer qu'il fait un temps magnifique, répond-il.

— Tant, mieux, la Côte d'Azur avec le soleil, c'est merveilleux. Il fait beau aussi en baie de Somme, crois-moi.

— Je sais, je sais. Es-tu libre ce soir ? questionne Renaud.

La jeune femme est étonnée par cette demande, elle ne comprend pas l'intérêt de la question qui lui est posée. Que veut-il exactement ? Bien sûr qu'elle peut être libre ce soir mais pourquoi faire ? Elle se décide à interroger son interlocuteur.

— Oui, mais pourquoi ? Il est passé dix-neuf heures. Là, je suis avec ma maman à la terrasse d'un bar, nous sommes honteusement en train de siroter un petit porto, et ensuite on rentre.

— Alors si tu es libre, je t'invite au restaurant ? D'accord ?

Virginie ne comprend toujours pas, il dit n'importe quoi, il déraille, il est à plus de mille kilomètres, elle ne dit rien et attend la suite.

— Je t'invite au restaurant du « Cap Hornu », tu connais ? persiste Renaud.

— Bien sûr, c'est à Saint-Valery, c'est aussi un hôtel mais…

— J'y suis.

— Tu es à Saint-Valery ? Ce n'est pas possible, s'étonne Virginie.

— Si, Tu en auras la preuve. J'avais réservé une chambre dans cet hôtel et j'y suis. Comme il y a apparemment un bon resto, je t'y invite.

— Mais tu devais passer dix jours chez ta sœur ?

— Oui, je sais mais j'avais une folle envie de te revoir, alors si tu veux bien je te prends dans une heure ?

— C'est incroyable, oui je veux bien mais ne t'attends pas à…

— Je ne m'attends à rien. Donne-moi ton adresse que je puisse l'enregistrer sur mon GPS.

Virginie communique l'adresse, et confirme qu'elle sera prête dans une heure. Le jeune Commissaire a écourté ses vacances pour elle ? C'est incroyable. Il est venu ici pour la voir, et l'avoir aussi, sans doute, mais ça… ce ne sera pas possible ce soir. Elle est enchantée par le désir qu'elle suscite.

Ce mec est plutôt beau gosse, il parle bien, et a un métier passionnant. Elle n'ose se l'avouer, mais elle aussi, éprouve des sentiments amoureux. Sa fierté est quand même plus forte que ses états d'âme, il ne faut pas qu'il s'en rende compte, et de toute façon, en cette prochaine année de droit, il est hors de question qu'elle s'attache à lui, et encore moins de vivre avec.

Avant de convoler avec un homme et de partager sa vie, elle veut être sûre d'obtenir auparavant son master. Elle résistera fermement à toute aventure qui pourrait nuire à son ambition. Virginie est une femme têtue. Beaucoup d'étudiants ont tenté de l'attirer dans leurs lits, et dans leurs logis, mais ils se sont tous heurtés à son obstination. Elle veut être libre, ne rien devoir à personne. Elle sait se débrouiller financièrement, certes d'une manière peu recommandable, mais c'est son affaire, et c'est provisoire. Elle est, et restera indépendante.

Virginie informe sa mère de sa sortie du soir et lui annonce qu'elle rentre immédiatement à la maison, car elle doit se préparer. La maman avait entendu une partie de la conversation, et avait bien réalisé que sa fille ne serait pas avec eux ce soir, et peut-être même cette nuit. Les deux femmes se précipitent à pied au domicile de la maman où Virginie s'active à se doucher, se sécher les cheveux, se remaquiller, et d'enfiler un pantalon corsaire rouge pourpre, un chemisier beige, se chausser d'escarpins à bride, de couleur naturelle. Elle n'omet pas de s'introduire un nouveau tampon Tampax. Elle est pleinement en sa semaine de menstruation, et sait que malgré le désir probable de Renaud, mais aussi le sien, il n'y aura pas de rapport sexuel ce soir. Elle aussi, souhaite ardemment faire l'amour avec cet homme, mais ils devront encore attendre deux ou trois jours. Une toute première relation intime ne peut se dérouler dans ces conditions. Finalement, patienter encore un peu, devrait augmenter les désirs de l'un et de l'autre, de manière exponentielle.

Renaud stationne son véhicule en face de l'adresse indiquée. Il observe la façade de la petite maison d'où doit bientôt apparaître Virginie. Il s'agit d'une ancienne maison de pêcheur, bien entretenue, très bien retapée. Des jardinières garnies de géraniums rouges ornementent les deux appuis de fenêtres du rez-de-chaussée. La jeune femme tarde un peu, Renaud est confiant, elle va bientôt émerger tout en beauté. Il présume qu'il ne lui a pas laissé suffisamment de temps pour se préparer. Une femme de cette classe ne peut pas s'apprêter en moins d'une heure, ce n'était pas raisonnable de la bousculer ainsi.

La maison se trouve dans le haut de la ville, proche d'une charmante église faite de pierres et silex alternés en damiers noirs et blancs. Le lieu s'apparente à une ancienne cité médiévale. Il sort de sa voiture et se dirige vers un parapet. La vue est magnifique. On domine les jardins des grandes demeures en contrebas, et au loin, on découvre une grande partie de la baie de Somme. Renaud ne connaissait pas cette ville et finalement, outre ses toutes proches retrouvailles avec Virginie, il a le plaisir de découvrir une ville pittoresque. Il en est là de ses pensées quand il sent deux mains se poser sur ses yeux, et entend une voix douce lui murmurer :

— Devine qui est là ?

Il se retourne, prend la personne par la taille, l'observe avec ravissement, et l'embrasse amoureusement. Une longue et fougueuse valse de langues s'ensuit. Ils sont seuls au monde.

Renaud finit par prendre la main de Virginie, la conduit jusqu'à son Audi. Il ne démarre pas tout de suite, une nouvelle danse buccale est entreprise. Il n'y a aucun doute, ils sont follement amoureux l'un et l'autre.

Renaud avait réservé une table au restaurant du « Cap Hornu ». L'intérêt du couple n'est pas ce qui est au menu. En fait, pour eux, il est clair qu'une aventure amoureuse est en train de naître. Ils ne sont pourtant jamais caressés, n'ont jamais eu de relation sexuelle, mais c'est acquis, ils s'aiment. La suite, ils la connaissent, mais chacun ne l'entrevoit pas de la même façon. Renaud espère d'ores et déjà une vie conjugale, accueillir sa bien-aimée dans son appartement. Virginie quant à elle, souhaite une autre liaison, avec plus d'indépendance pour l'un et l'autre. Elle reste assez bornée, son idée fixe est l'obtention de son master de droit, avec à la clef, un emploi de haut niveau assuré, ensuite on verra.

Renaud évoque son passage à Mougins, chez sa sœur, notamment les moments agréables passés avec ses neveux, mais aussi son désir inflexible de la retrouver au plus vite.

Virginie lui parle de cette ville portuaire, la cité de son enfance, et lui propose de la lui faire visiter dès le lendemain. Elle se dit enchantée de sa présence à ses côtés, ce qui est pour elle, une très chouette surprise.

Après la dégustation du repas sapide, et les quelques verres d'alcool absorbés, Renaud propose à Virginie de monter prendre une dernière coupe de champagne dans sa chambre. Virginie accepte mais l'informe clairement qu'ils ne pourront pas faire l'amour ce soir. Elle a ses règles. Renaud comprend, ce n'est pas un goujat, il sait être patient. La bouteille que

Renaud avait commandée est entamée. De nouveaux baisers sont échangés. Le seul geste un peu osé commis par le jeune homme est une main fouineuse qui s'est emparée d'un sein de la jeune femme, par l'échancrure de son chemisier. Cette simple caresse lui permet de constater, sans qu'il les voie, que Virginie offre des seins au volume parfait, bien fermes, et une peau satinée d'une douceur incroyable. Il est passé une heure du matin, Virginie demande à son compagnon de la raccompagner chez sa mère. Le Commissaire n'insiste pas et exécute la demande qui lui est faite, il a bien compris qu'il lui faudrait encore patienter un peu avant de goûter au plaisir charnel inéluctable qui lui est promis. Les nouveaux amants échangent de nouveaux baisers langoureux, et se promettent de se revoir dès le lendemain vers quinze heures, Renaud sera assurément à cette heure, devant le domicile de sa nouvelle conquête.

Pendant les deux jours qui suivirent, Renaud et Virginie passèrent toutes leurs après-midis et leurs soirées ensemble.

La petite ville de Saint-Valery-sur-Somme fut passée au crible : le port de plaisance et de pêche, la ville haute, la visite de l'église Saint-Martin, et son architecture gothique, la balade en petit train à vapeur en baie de Somme, la visite du port de pêche du Crotoy, et sa plage plein sud, mais aussi l'observation des phoques et veaux marins à partir du tout petit port du Hourdel. Renaud découvre en cette circonstance un endroit nouveau, et sait dorénavant pourquoi on désigne cette baie comme une des plus belles baies du monde. Les visites se firent main dans la main, accompagnées de nombreux baisers échangés sans pudeur, malgré le regard éberlué des passants.

Divers restaurants furent testés deux fois par jour, au grand dam de Virginie qui craignait une prise de poids excessive qu'il faudrait vite corriger à son retour à Lille.

Virginie a présenté Renaud à sa mère. Celui-ci a trouvé cette femme d'environ quarante-cinq ans, bien faite pour son âge avec un visage doux. Il pense qu'elle doit encore beaucoup séduire et plaire aux hommes, et s'étonne qu'elle n'ait pas encore de compagnon. Bien entendu, il ne s'est encore rien passé de sexuel entre les deux amants. Renaud bouillonne mais parvient à contenir son impatience.

Voilà trois jours que Renaud séjourne à l'hôtel du « cap Hornu ». Le matin de ce troisième jour, Virginie s'évertue à s'épiler soigneusement et complètement, y compris le sexe.

C'est la fin de ses règles, elle va pouvoir enfin assouvir elle aussi, son envie croissante. Le pantalon corsaire ainsi que les bermudas d'été sont laissés au placard. Elle revêt ses dessous les plus attrayants, sans qu'ils soient vulgaires, et enfile une robe tunique imprimée majoritairement bleu ciel, avec décolleté en V et fermée par une ceinture. Elle est légère et assez courte, laissant apparaître ses parfaites jambes, bien bronzées en cette saison.

À midi, tel qu'il était prévu, Renaud s'arrête face à la maison de la maman de Virginie. Il attend au volant de sa voiture, mais après un court instant, la petite sœur de son amie frappe à la vitre partiellement ouverte du véhicule du Commissaire, et lui signale qu'il est invité par sa maman à entrer prendre l'apéro. C'est dans la bonne humeur que Renaud trinque avec la famille Delattre. Les deux jeunes gens quittent les lieux et cherchent une brasserie pour se restaurer. C'est dans une rue commerçante de la petite ville bondée de touristes, et dont la population a plus que triplé en cette période de l'année qu'ils dégotent une table d'une brasserie, en terrasse.

À la fin du léger repas, après avoir commandé et bu un café, Virginie déclare à son compagnon :

— Je me sens fatiguée, j'irais bien m'allonger un peu maintenant.

Renaud est intrigué par cette envie soudaine. Fatiguée ? elle ? mais ils ne font que musarder depuis plusieurs jours, sans faire le moindre effort, ni physique ni intellectuel, alors fatiguée Virginie ? Le jeune homme espère avoir bien compris le signal.

— On peut aller à l'hôtel si tu veux. On fera la sieste, mais dis-moi, tu crois qu'on peut ?

— On peut, bien sûr qu'on peut. En tous les cas, seulement si tu en as envie bien sûr, ajoute malicieusement Virginie avec un regard prometteur.

— Tu plaisantes, mais j'en meurs d'envie depuis la première fois que je t'ai vue, filons, je ne tiens plus.

Ils rejoignent l'Audi garée assez loin, en marchant vite, bras dessus, bras dessous, tout en en riant, puis l'hôtel, enfin la chambre. Une séquence amoureuse s'ensuit. Renaud découvre le corps sublime de Virginie, il n'est pas surpris, seulement enchanté, il se doutait déjà qu'elle avait un corps divin, des seins parfaits, une taille fine, des fesses suffisamment rebondies, des jambes splendides, et une peau d'une douceur époustouflante. Virginie est ravie de voir un homme bien fait, musclé mais pas trop. Outre son visage agréable, elle découvre un corps de sportif. La suite est une parade amoureuse classique faite de longs préliminaires, puis de pénétrations à rythmes variés, et positions alternées. Les caresses sont échangées, parfois très précises. Les baisers s'enchaînent. Renaud ne se lasse pas du corps de Virginie, et la séquence est renouvelée plusieurs fois. Virginie a enfin pris du plaisir, des orgasmes qu'elle n'a pu vocalement retenir. Il y a longtemps qu'elle n'avait pas ressenti un tel délice, une telle euphorie. À présent, c'est une certitude, en réalité une confirmation, Renaud et Virginie sont follement amoureux l'un de l'autre

******

Chapitre 6

Nous sommes en novembre 2017, Kévin a trouvé un logement. Il avait pu obtenir par son copain escroc une fiche d'embauche falsifiée à son nom, effaçant l'identité de son oncle. Il n'a pas eu besoin de l'utiliser. Une annonce affichée en magasin, proposait un studio meublé, au troisième étage d'un immeuble ancien, dans le quartier de Wazemmes. Le loyer de quatre-cent-dix euros était acceptable. Le loueur, peu scrupuleux, et plutôt marchand de sommeil que bailleur, acceptait d'être payé en liquide. Ceci l'arrangeait bien, il n'était pas obligé de déclarer cette somme. C'est sous le toit de cette vieille demeure que résident désormais Kévin et Bachira.

Le studio est petit, à peine vingt-quatre mètres carrés. Une seule fenêtre donne dans une cour peu soignée, dallée de pavés disjoints et parsemée de mauvaises herbes de toute nature. Le jeune couple doit se contenter d'une petite salle avec coin cuisine, comportant uniquement une plaque de cuisson, un vieux réfrigérateur, une table minuscule, deux chaises et un vieux et petit poste de télévision. Un lit de cent-vingt de large, adossé à un mur, complète cette pièce principale. Le cabinet de toilette est séparé, mais très étroit avec lavabo, douche, et w.c.

Pour tout rangement, il est mis à leur disposition un portant pour les vêtements, avec une sorte de bac à la base, pour les chaussures. Rien n'est vraiment pratique dans ce logement exigu. La fenêtre ne comporte ni volet ni double rideau, elle est seulement équipée d'un fin voilage un peu grisâtre. Bachira accroche avec des punaises un morceau de tissu à la fenêtre pour obtenir un peu d'obscurité pendant la nuit. Elle l'ôte dès le matin et le remet tous les soirs.

L'ingénue regrette l'appartement du tonton, ils étaient quand même beaucoup plus à l'aise, mais elle ne regrette pas seulement le logement, elle a toujours le bon souvenir des gentilles attentions de Charles, et des plaisirs qu'il lui procurait. Depuis Léontine s'est installée, et l'entente avec la jeune femme était devenue difficile. Bachira avait été surnommée la « Bébête » par la nouvelle arrivante, et connaissant les activités malhonnêtes de Kevin, Léontine poussait Charles à se débarrasser d'eux au plus vite. Cette femme n'était agréable que lorsqu'elle était bourrée. En dehors de ses soirées alcoolisées et délirantes, synonymes de trêves, elle s'était acharnée avec fermeté à convaincre Charles de précipiter le départ du jeune couple.

Kévin excelle dans ses activités délictueuses. Il a acquis de l'expérience, sait comment repérer et aborder ses victimes. Il utilise assez souvent son pistolet Glock pour menacer, et effrayer les conducteurs, mais surtout les conductrices. Il les malmène parfois sauvagement, et les tire de force hors de leur voiture. Il agit toujours avec ses gants en Latex, et le bas du visage couvert d'un foulard ou d'un masque respiratoire. Généralement, Bachira attend un peu plus loin et les victimes, puis plaignants, ne savent pas que l'agresseur avait une complice. Le voyou a élargi son champ d'action, il sévit dans les départements des Hauts-de-France, mais quelquefois aussi en Champagne, en Normandie et dans la banlieue Parisienne. Il sait que de cette façon, il éparpille les enquêtes, et complique les recoupements des enquêteurs. Chaque acte de banditisme passé sur les routes, et en ville, lui rapporte au minimum quatre-vingts euros et au maximum cinq-cent-cinquante euros. Son butin mensuel avoisine généralement les mille-six-cents euros, parfois moins, et quelquefois beaucoup plus. Le logeur ne se plaint pas, il est toujours payé en liquide au dernier jour de chaque mois.

De son côté, Charles Duroi commence à se demander s'il a fait une bonne affaire. Il a réussi à se faire engager avec un CDI comme manutentionnaire, dans le supermarché et s'est fait quelques copains, mais « Léontine… oui… Léontine… ».

Cette femme, cinquante-deux ans, à peine plus jeune que Charles, demeure à l'appartement mais ne s'en occupe guère. Le ménage est bâclé, le linge sale et le repassage s'accumulent. Les repas consistent presque exclusivement en l'ouverture de boîtes de conserve. Léontine passe le plus clair de son temps devant le téléviseur, à visionner des émissions débiles, et cela tout en picolant de la bière l'après-midi, et des verres de muscat le soir. Elle est assez souvent enivrée lorsque Charles revient de son travail. De surcroît, la dame n'est pas particulièrement exigeante sur le plan propreté corporelle, et intime. Elle inspire peu son compagnon. Les efforts qu'elle consentait au début, se sont dissipés, elle semble prendre plaisir à se laisser aller. Elle a surtout réussi à ne plus payer un loyer, but réel, non avoué.

Charles en vient à regretter d'avoir viré son neveu et sa copine. Certes, Bachira n'était pas très futée, mais elle était surtout gentille. Il pouvait s'amuser avec elle pendant que son connard de neveu quittait le logement pour se livrer à ses turpitudes. Bachira est un peu grosse, mais elle a le corps d'une jeune femme de dix-huit ans, et elle le bichonnait quand même un peu. Elle était propre, soignait son corps, s'épilait les aisselles, et même le sexe. Elle savait aguicher. Quelle différence avec Léontine qui se néglige, et ne fait absolument aucun effort pour susciter l'envie.

Il n'est pas marié avec cette femme et commence à réfléchir à la manière dont il pourrait s'en débarrasser et la congédier de l'appartement, et faire ainsi revenir son neveu et surtout, sa petite amie.

En novembre, il commence à faire nuit assez tôt, ce qui favorise les entreprises de Kévin. Généralement, il fait deux victimes par jour. Il abandonne la première voiture volée dans une aire de repos, en dérobe une autre qu'il laisse près de l'agglomération Lilloise, ce qui lui permet de rentrer chez lui par les transports en commun. Bachira l'accompagne souvent mais pas toujours. Elle n'aime pas cette sauvagerie qu'il emploie parfois pour obliger une conductrice à sortir de son véhicule. Souvent, ces femmes, terrorisées par l'arme braquée sur elles, n'obéissent pas assez vite pour laisser leur place, elles traînent trop au gré du voyou, et sont donc brutalement éjectées de leur siège par leur agresseur. Elles tombent sur le bitume des parkings, ou les bordures de trottoirs, et se blessent sérieusement, quelquefois jusqu'au sang. De ce fait, Kévin, agacé par les reproches de sa compagne, préfère parfois agir seul, sa copine ne lui sert à rien, si ce n'est qu'aller vite tirer de l'argent dans un distributeur de billets lorsque Kévin avait réussi à se faire énoncer le code, sous la menace de son pistolet.

De la même façon, il se faisait remettre le téléphone portable de sa victime, afin qu'elle ne puisse prévenir la police trop vite. Kévin avait appris à Bachira la manipulation du retrait d'argent avec une carte bancaire. Elle avait assez bien assimilé la manœuvre, au grand étonnement de son petit ami. Quand il est seul, il se charge lui-même de cette mission plutôt rentable car il retire toujours avec les deux cartes volées, le maximum d'argent autorisé.

Vingt-quatre décembre 2017, demain c'est Noël. Pour Kévin et Bachira, ce sera un réveillon chez le tonton. Charles Duroi a invité le jeune couple, et Léontine n'a pas eu son mot à dire, et ne s'y est donc pas opposé. Kévin a promis d'apporter la bûche et une bouteille de champagne. La soirée s'annonce bien. L'oncle, quelque peu aidé par sa compagne, a tout préparé : amuse-gueules, foie gras, et un chapon farci. Le tout accompagné de vins blancs et rouges.

Vers vingt heures, Kévin et Bachira débarquent dans l'appartement qu'ils connaissent bien. Ils ont fait la route à pied, moins de sept cents mètres séparent leurs logements respectifs.

Bachira a fait des frais avec l'argent avancé par son ami, et s'est offert une belle robe assez audacieuse. Quel contraste avec Léontine qui n'a pas varié de ses tenues habituelles.

Charles observe Bachira, elle a maintenant dix-huit ans. Cette fille bien en chair l'inspire de plus en plus. Il la désire, et le fait qu'il pourrait être son père, voire presque son grand-père ne l'embarrasse pas du tout. Il déplore sa décision de les avoir obligés à quitter les lieux. Le neveu est tellement occupé avec ses turpitudes, qu'il aurait eu maintes occasions de s'occuper de la petite. En outre, il sait qu'elle aime ça. C'est elle qui venait vers lui. Pour autant, il ne la comprend pas très bien, elle dit qu'elle est amoureuse de Kévin mais c'est avec lui, le vieil oncle, qu'elle préfère faire l'amour. Comment faire pour la retrouver dans ses bras ?

Un événement fâcheux, mais tout de même inespéré, va lui permettre d'avoir l'opportunité d'accéder à ses désirs.

Il est passé minuit, les quatre membres de la tablée ont consommé plus que de raison et surtout Léontine qui tient absolument à s'élancer dans la salle, pour dandiner sur des airs de musique rétros : les inévitables standards des années discos. Kévin est complètement ivre, il titube, et lui aussi tient à gesticuler à ses côtés sur la piste improvisée. Charles et Bachira, un peu moins avancés dans l'ivresse, regardent stupéfaits leurs compagnons respectifs s'enlacer et faire de grands gestes en arabesque. Kévin a gardé un verre à la main, à moitié plein. Une partie de son verre se déverse sur le sol. Subitement, alors qu'il étreignait maladroitement sa cavalière, les danseurs tombent brutalement au sol. Malheureusement, le verre que tenait Kévin s'est brisé en plusieurs morceaux au sol. Kévin est sérieusement ouvert au visage, au niveau de la joue droite et en dessous de l'œil, et Léontine qui avait ôté ses chaussures pour danser, présente de profondes entailles aux deux pieds. Le sang mêlé des deux blessés provoque une importante mare de sang. Charles et Bachira sont consternés.

L'oncle s'approche des deux éclopés, Kévin semble avoir perdu connaissance et Charles ne sait si c'est par ivresse, ou à cause de sa blessure. Il constate quand même une profonde coupure, qui peut nécessiter une réparation chirurgicale. Léontine, allongée sur le dos, se lamente, et pousse des gémissements plaintifs. Elle saigne des deux pieds, et plus particulièrement du pied gauche. Bachira se met à pleurer, ne sait que faire et demeure les bras ballants. Charles lui ordonne d'aller prendre des serviettes de toilette propres, et de comprimer la joue de son ami. De son côté, il s'empare de son téléphone, et fait le quinze. Il obtient une interlocutrice à qui il fait part de l'urgence d'intervenir chez lui, car il y a deux blessés. La dame note l'adresse, tout en lui disant « décidément, c'est comme à chaque fois, le soir de Noël rien ne va, ça promet pour le jour de l'an », puis conclut en promettant la venue du SAMU incessamment. Bachira, penchée sur le blessé évanoui de douleur ou endormi d'ivresse, appuie doucement sur la plaie et pleurniche en disant :

— Il est mort ! Panpan est mort, Charles ! il est mort Panpan !

— Non il n'est pas mort, il est ivre mort. Il va falloir qu'on le recouse, voilà tout.

Charles s'occupe de Léontine, toujours en gémissements et lamentations, il tente de la rassurer en lui affirmant que les secours seraient bientôt là. Il remarque bien l'importante plaie de son pied gauche, il lui semble même qu'un morceau de verre est resté coincé dans une plaie ouverte et béante. Il n'ose appuyer à cet endroit avec le linge pour arrêter le sang, il pourrait ne faire qu'enfoncer davantage ce fragment.

Quelques minutes plus tard, le médecin du SAMU et ses assistants sont sur place et procèdent aux premiers soins. Le couple de danseurs malchanceux est conduit au fourgon pour être emmené l'hôpital. Le docteur s'adresse à Charles et Bachira :

— Il faut qu'ils soient hospitalisés tous les deux, il va y avoir des travaux de couture. La dame avait encore un morceau de verre dans le pied. Vous pouvez nous suivre mais ils ne seront recousus au mieux que demain. Faites comme bon vous semble. Au revoir, je ne vous dis pas : Joyeux Noël.

Charles et Bachira demeurent béats. Après quelques instants de silence, la jeune femme finit par reprendre ses esprits. Elle s'évertue à nettoyer le sol couvert de flaques de sang. Charles la seconde en allant vider l'eau rougie dans l'évier. Tous les deux doivent s'y reprendre à trois fois pour que le sol soit de nouveau propre. À la suite de cet effort, ils s'asseyent et ingurgitent un grand verre d'eau. Bachira demande au tonton s'ils ne devraient pas se rendre à l'hôpital, pour savoir ce qu'il en est des deux blessés.

— Inutile, ils ont été mis dans des boxes avec des calmants, et sûrement de la morphine. On ne pourra pas les voir. Le docteur l'a dit, rien ne sera fait avant demain.

— C'est quoi de la morphine ? questionne Bachira.

— Un médicament pour calmer la douleur, une sorte de drogue quoi, répond Charles étonné par cette question.

— Ah ! Et maintenant qu'est-ce qu'on fait ?

— Ben, on mange de la bûche de Noël, voyons. Après on verra. Si tu veux, je te ramène, si vraiment tu le veux, mais il vaut peut-être mieux que tu dormes ici, non ?

— Je préfère dormir avec toi, euh… chez toi, je veux dire.

Ainsi, le vœu du tonton se réalisa, c'est dans le même lit qu'ils se retrouvèrent tous les deux. La petite n'était pas contre du tout, bien au contraire elle n'attendait que cela. Elle a entendu les mêmes gentillesses, des mots doux et flatteurs, et connu les mêmes plaisirs éprouvés lors de leur dernière étreinte. Ils s'endormirent, fatigués mais heureux, l'un contre l'autre.

Réveillés vers midi, Bachira eut envie de recommencer, « refaire l'amour » comme dit Charles. Elle dut se résoudre à accepter la langue de son compagnon dans son sexe pour jouir, car malgré l'acharnement qu'elle mit à le tenter, à faire raidir le membre du tonton, elle n'y parvint pas. Charles, un peu confus et honteux, lui fit comprendre qu'à son âge, il fallait lui laisser beaucoup de temps, entre deux actes.

Le 25 décembre, en milieu d'après-midi, ils se rendirent à l'hôpital.

Kévin partage la chambre avec un vieux monsieur qui semble endormi. Il n'a pas encore été recousu, un gros pansement couvre sa joue gauche. Il est conscient, a complètement dessoûlé et annonce clairement qu'il a hâte de sortir d'ici, et plus bas : qu'il en a marre de dormir à côté de ce vieux débris. Puis regardant Bachira :

— T'as dormi où, toi ?

C'est Charles qui s'empresse de précéder la réponse de la jeune femme :

— Je l'ai reconduit chez vous après le départ du SAMU. Là, je viens juste d'aller la chercher pour venir ici. Vous nous avez fait peur, tu sais.

Kévin n'a pas l'air convaincu, il connaît la réputation de son oncle et la faiblesse de sa compagne, il se promet de régler ça avec elle, dès sa sortie.

Léontine occupe elle aussi une chambre partagée. Sa compagne de chambre est entourée de visiteurs. Léontine a été recousue au pied gauche qui présente un énorme bandage. Un léger pansement recouvre le talon de son pied droit. Elle ne souffre plus, mais se demande comment elle va pouvoir marcher. Le docteur lui a dit qu'elle en aurait pour plusieurs semaines avant de pouvoir poser son pied gauche au sol. Charles ne dit rien, il sait que c'est lui qui va être encore davantage mis à contribution. Léontine fera comme d'habitude, c'est à dire : rien. Le plus dur pour elle, sera d'aller se servir en canettes de bière ou verres de muscat.

Bien entendu, Bachira et Charles passèrent la nuit qui suivit ensemble, et ce fut encore le cas pour la suivante.

Kévin, recousu le 26 décembre, souhaitait sortit le plus vite possible de l'hôpital. Le 27, il signe une décharge, et téléphone à son oncle pour qu'il vienne le chercher. Charles demande à Bachira de vite rassembler ses affaires, il va la reconduire chez elle avant de reprendre Kévin.

Un quart d'heure plus tard, Bachira retrouve son petit et vétuste studio, et Charles se rend à l'hôpital pour reprendre son neveu.

À peine arrivé dans le hall, et sans avoir répondu au bonjour de son oncle, Kévin l'interroge :

— Elle est où Bachira ?

— Ben, chez vous, chez toi, où veux – tu qu'elle soit ?

— Mouais… répond simplement Kévin.

— Bon, je passe voir vite fait Léontine, et on y va.

Léontine, quant à elle, n'est pas pressée de rentrer, elle est dorlotée, se sent bien allongée toutes les journées et nuits, et semble bien s'entendre avec sa voisine.

Kévin est déposé par son oncle devant son immeuble. Il monte et frappe à la porte de son studio. Bachira lui ouvre.

Elle ne s'est pas changée depuis le réveillon du 24 décembre, et venant juste d'être ramenée par Charles, elle porte toujours la même robe. Une robe un peu courte et surtout trop décolletée. L'opulente poitrine de la jeune femme en déborde. Kévin entre et ne dit aucun mot, mais voyant son amie toujours accoutrée telle qu'elle était au réveillon, lui porte directement deux gifles magistrales qui font tomber son amie à terre. Au sol, elle reçoit encore deux violents coups de pied dans les côtes. Kévin se montre encore plus menaçant le poing en l'air comme pour la cogner de nouveau, et hurle :

— T'as toujours ta robe de pute Lolo ! t'es pas rentrée, t'as couché avec le vieux, espèce de salope !

Bachira, toujours à terre, les genoux repliés sur sa poitrine, se frotte les joues et sanglote. Elle a bien compris qu'il ne faudrait surtout pas lui avouer quoi que ce soit, il serait capable de la tuer.

— T'es fou Panpan ! je suis là depuis que t'as été emmené à l'hôpital, je n'ai pas bougé. Tu crois quand même pas que je pourrais coucher avec un vieux.

— J'en suis pas si sûr, c'est un vieux vicieux, je le sais, et toi une vraie salope, alors t'as couché avec lui, pas vrai ? crie de nouveau Kévin le poing menaçant.

— Non Panpan, je te jure, t'as qu'à lui demander. Je te jure, je suis rentrée tout de suite répond Bachira en pleurnichant.

Kévin, se calme, va s'asseoir sur une chaise de la cuisine. Il demande à son amie de lui apporter une canette de bière.

— Pourquoi tu ne t'es pas changée ?

— Je suis restée sans rien faire, j'avais peur pour toi, tu saignais tellement, Au début je te croyais mort, c'est vrai. Tu as mal Panpan ? demande-t-elle en se relevant pour apporter la canette à Kévin.

— Ouais, ça va. Je vais avoir une belle cicatrice, voilà tout.

Le couple ne bouge pas du studio. Kévin s'est assoupi sur le lit et finit par s'endormir. Bachira en profite pour faire sa toilette et se mettre déjà en robe de chambre. Elle constate que ses joues sont encore rouges des coups reçus, et des hématomes violacés sont visibles au niveau de ses hanches. Vers vingt heures, Kévin se réveille, et tout en visionnant un film sur leur vieille télé, ils dévorent tous les deux un plat de pâtes au fromage râpé, avec une tranche de jambon, préparé par Bachira. Ils continuent à regarder une émission de variétés, et un peu avant minuit, Kévin entreprend sa compagne, assise sur le lit à ses côtés. Il écarte largement le col de sa robe de chambre, descend le vêtement jusqu'à la taille et empoigne à pleines mains les seins de sa compagne.

— Oh toi ! tes grosses totottes ! Hum tes totottes, c'est bon ça !

Il malaxe et pétrit longuement la poitrine de sa jeune femme, en poussant des sortes de gloussements, mais celle-ci sent qu'en fait, il lui fait plutôt mal. Il lui ôte complètement la robe de chambre. Aucun baiser n'a été échangé depuis l'arrivée de Kévin, et bien sûr, aucun mot aimable. Il lui demande ensuite de se tourner, et la pénètre par-derrière avant d'éjaculer moins d'une minute après. Il lui tourne ensuite le dos, et s'endort avec un léger ronflement. Bachira n'a éprouvé aucun plaisir. Elle se frotte les joues et les côtes qui lui font encore mal. Puis, les mains derrière la tête, elle laisse cheminer sa pensée. « Oui, elle a encore trompé Panpan, mais il vaut que cela reste un secret, c'est plus sûr, Panpan est dangereux. Mais c'était tellement bien avec le tonton. Kévin est méchant, il la frappe, il ne sait pas lui donner du plaisir, mais elle l'aime, et finalement elle ne sait pas pourquoi ». Bachira s'endort enfin sur cette interrogation.

Le réveillon du jour de l'an se passa au studio, devant le téléviseur. Rien de spécial n'avait été envisagé et ce fut une soirée ordinaire pour le jeune couple. Le lendemain, Bachira s'aventura à se rendre chez ses parents pour leur souhaiter la bonne année. C'est seule qu'elle s'y rendit. Elle fut accueillie froidement par un père bougon et sale, et une mère de plus en plus grosse et repoussante.

— T'es toujours avec ce voyou, cette crapule de Kévin ? questionna le père.

— Oui, mais ça va, on se débrouille. On habite un petit studio, dans une rue du quartier de Wazemmes.

— Il n'a toujours pas de boulot, ce fainéant, insiste le père, lui-même chômeur depuis longtemps, et il ajoute :

— Je ne sais pas comment vous faites, je préfère ne pas savoir.

— Non, mais il cherche, il est inscrit au bureau du chômage, ment Bachira.

— Tu veux dire à « pôle emploi » peut-être… toujours aussi bête ma fille !

La conversation avec sa mère fut insipide, cette dernière ne se souciait pas vraiment de l'avenir de sa fille pourtant majeure depuis peu. Mère de sept enfants dont les plus âgés sont livrés à eux-mêmes, elle était satisfaite de sa condition, comme si le fait d'être mère d'une famille nombreuse était tout à fait respectable, et suffisait à imposer de la déférence. Avant de repartir, après cette déclaration rituelle des vœux, pas toujours forcément sincères, la maman consentit à offrir à sa fille des gâteaux à la noix de coco et à la confiture, qu'elle avait cuisinés elle-même le matin. Bachira, enrichie de ce cadeau royal, rejoignit à pied et dans le froid son studio distant de cinq kilomètres, quelque peu chagriné.

Son père, Monsieur Delmotte, pourtant propriétaire d'une vieille Renault Kangoo, n'eut à aucun moment l'intention de la reconduire.

De son côté, Kévin se rendit dans sa famille qu'il ne voit pratiquement qu'une fois par an depuis sa sortie de prison. Les Gorski, père et mère, le reçurent avec peu d'entrain. La visite ne s'éternisa pas au-delà de trente minutes. Lui aussi, empreint de tristesse regagna le studio à pied.

Pendant cette semaine de fêtes, Kevin et Bachira ne commirent aucune exaction. Ils traînèrent tous les deux en ville, en admirant les vitrines et en consommant des boissons çà et là. Kévin devait faire changer son pansement par une infirmière, mais c'est Bachira qui se chargea de le faire à la demande de son ami. Elle n'était pas mécontente de jouer ce rôle, et badigeonnait avec attention et minutie sa blessure, avec de la bétadine.

Charles Duroi pour sa part avait récupéré Léontine nantie de béquilles. Il s'y attendait, il fallait maintenant qu'il s'occupe de tout, sa compagne prétextant ne pouvoir l'aider avec sa condition d'éclopée ; Elle restait face au poste de télé, et des boissons alcoolisées à portée de mains. Charles ruminait, le voilà dorénavant, avec une charge inutile, une femme paresseuse, un peu ivrogne, avec une faible pension de réversion, et aussi détournée complètement des choses du sexe. Il réalisait avoir fait une énorme et gigantesque connerie en la faisant venir chez lui.

******

Chapitre 7

Après le petit séjour de Saint-Valery-sur-Somme et leurs folles étreintes à l'hôtel du « Cap Hornu », Renaud et Virginie avaient regagné Lille en voiture. Leur amour perdure, et les deux amants se voient très régulièrement. Renaud souhaite vivement que Virginie s'installe chez lui, mais il essuie chaque fois qu'il le demande, un refus catégorique de la part de son amoureuse. Virginie affirme son attachement total pour lui, mais ne tient pas à vivre à ses crochets, tout au moins en cette année d'études.

En cette fin du mois d'octobre 2017, ce samedi matin 28, après une nuit d'amour endiablé passée dans le studio de Virginie, celle-ci lui explique une fois de plus la raison de sa décision.

— On verra ça en juillet prochain, mais pour l'instant je veux rester concentrée sur mes études, tu comprends ? Et puis, tu as beaucoup de boulot ces temps-ci, on ne se verrait pas davantage pour autant. Tu travailles quelquefois la nuit, souvent les week-ends, alors ?

Renaud prend Virginie dans ses bras, l'embrasse tendrement, puis fougueusement, il semble déçu par la décision catégorique de sa petite amie.

— Tu sais, ça me fait vraiment mal de savoir que tu vas encore faire la « plonge » dans des restos. Avec moi, tu pourrais t'en passer.

— Ça me change les idées et ça me rapporte un peu d'argent, je suis très dépensière, tu sais. Je serais une véritable ruine pour toi, ajoute-t-elle en riant.

— Mais…

— N'insiste pas s'il te plaît, c'est comme ça, on verra en juillet, coupa net Virginie.

Renaud Bartoli demeure perplexe, il n'ose y croire mais se doute bien que les « plonges » en question doivent être tout à fait autre chose. Il a beaucoup de mal à imaginer que quelqu'un d'autre puisse, ne serait-ce qu'effleurer le corps de Virginie, profiter de cette femme tellement belle, si bien faite, tellement douce. Cette idée lui est insoutenable. Il se dit qu'il faudra absolument qu'il sache. Après tout, il est policier, il passe son temps à chercher, à identifier, à convaincre. Ce ne devrait donc pas insurmontable pour lui, loin de là. Une nouvelle enquête est dorénavant à son actif. Une enquête privée, personnelle, secrète, une enquête qu'il mènera seul.

Il se rend comme chaque samedi matin, quand son emploi du temps le permet, à la salle de sports et de fitness de la ville. Il n'a pas rejoué au tennis depuis l'été dernier, en fait, depuis le tournoi du Touquet auquel il avait participé. Il n'est pas question pour lui de prendre du poids, de perdre de la musculature, de perdre la forme. C'est avec vitalité qu'il enfourche un vélo et entreprend un quart d'heure à allure effrénée. Il se met ensuite aux haltères, variant les poids, les positions variées, favorisant ainsi l'entretien des muscles des bras et des jambes. Une séance d'abdominaux conclut ses efforts, et c'est après une douche bienfaisante qu'il se rend à son bureau au Commissariat.

À peine arrivé au service, que dans le hall d'entrée, il est happé au passage par une Gardienne de la Paix officialisant ce jour à l'accueil. Elle l'informe avec agitation, que le Commandant Bernier, Chef de la Brigade Criminelle le cherche, car le corps d'un homme étranglé, a été découvert dans sa voiture à Lille. Renaud, étonné, consulte son téléphone portable et constate que bêtement, il n'avait pas rallumé son appareil, après la nuit de folie passée avec sa bien-aimée. Il s'informe sur l'endroit exact de la découverte du cadavre, puis se rend avec sa Peugeot 308 grise de fonction, à l'adresse donnée par la fonctionnaire de Police, rue d'Angleterre. Les spécialistes de l'identité judiciaire revêtus de leur tenue appropriée sont en train de procéder aux constatations et à d'éventuels relevés de traces papillaires ou génétiques. Gérard Bernier, le chef de la Crime, rend compte au Commissaire :

— L'homme qui est au volant a été découvert étranglé dans sa voiture, probablement en pleine nuit. C'est un passant qui nous alertés tôt ce matin. On lui a volé son portefeuille, mais nous avons pu l'identifier formellement grâce à l'immatriculation de son véhicule. Son épouse est venue sur place à notre demande, tout à l'heure. Elle était effondrée, puis prostrée. Tout en larmes, elle nous a affirmé que l'homme assassiné était son mari : Jean-Philippe Clamens, âgé de 51 ans, Directeur des Ressources Humaines dans une grande entreprise de transport et logistique nommée « Biglorry », située entre Lille et Arras. J'ai tenté de vous appeler mais je n'ai obtenu que votre messagerie.

— J'avais omis de rallumer mon portable. Que dit le procureur de la République ? il saisit la Police judiciaire ?

— Non, il nous laisse le bébé. Nous sommes samedi, la permanence de la PJ est déjà sur un autre crime commis hier soir à Maubeuge, précise le Commandant.

— Je vais vous apporter du renfort, vous allez avoir beaucoup de boulot, ce week-end et même après.

À ce moment-là, l'Officier responsable de l'identité judiciaire s'approche des deux hommes, et intervient :

— Bon, pour être mort, il est bien mort et peut-être depuis plusieurs heures : à deux ou trois heures du matin. L'autopsie confirmera. Il a été étranglé par une personne, sûrement un homme, vu la force nécessaire exigée pour réussir à tuer une victime de cette corpulence, donc un homme qui se trouvait sur le siège arrière, derrière le défunt assis au volant. C'est une cravate qui été utilisée. L'assassin est un gaucher. C'est ce que l'on a constaté en délaçant doucement le nœud coulant. Il devait porter des gants car nous n'avons pas trouvé de traces papillaires autres que ceux du propriétaire. La victime est d'assez forte corpulence, elle a tenté de desserrer le lien, en vain, trois ongles de sa main droite sont arrachés. Comme vous le savez, on lui a volé son portefeuille. Voilà, pour l'instant. Je vous laisse, vous avez du pain sur la planche. Au revoir, Monsieur le Commissaire, au revoir Commandant.

Renaud Bartoli encourage le chef de la Crime, et lui assure qu'il sera sérieusement renforcé dans l'heure qui suit, par plusieurs enquêteurs. Il retourne au service, tente de joindre les équipiers des autres brigades et parvient à en contacter sept, pour renforcer les cinq membres de la Brigade criminelle. Il appelle ensuite le Commissaire Divisionnaire, Jean-Marc Dernoncourt, et l'informe des faits. Il lui est recommandé de suivre l'affaire, de s'assurer que les policiers chargés des investigations fassent bien le maximum pour tenter d'identifier l'auteur au plus vite. Il rassure son collègue en lui rappelant que Bernier, par ailleurs proche de la retraite, était un excellent investigateur, ce que le patron savait déjà.

Pendant toute la durée du week-end, les enquêteurs travaillent d'arrache-pied sur l'assassinat de Jean-Philippe Clamens. Ils sont à la fois stimulés par le jeune Commissaire, et dirigés de main de maître par le Commandant Bernier, flic chevronné, expérimenté, et reconnu comme étant un Officier acharné, qui refuse l'échec dans ses enquêtes. Les membres de la famille de la victime, tous dans le chagrin, et ceux qui sont connus comme étant ses amis, sont interrogés. Les endroits qu'il est censé fréquenter sont visités, leurs propriétaires entendus.

Tout est passé au crible. Personne n'est capable de dire ce que faisait cet homme dans la rue d'Angleterre dans la nuit de vendredi à samedi, à cette heure. Cette rue ne comporte ni bars ni autre établissement nocturne, susceptible d'accueillir des gens. Le mystère est entier.

Le Commandant Bernier entrevoit de se rendre dès lundi à l'entreprise de Transport « Biglorry », avec quelques collègues. Il se pourrait qu'au sein de cette entreprise, des éléments concrets, ou des témoignages déterminants fassent progresser l'enquête.

Renaud Bartoli rejoint son bureau et s'entretient avec le substitut de permanence au sujet de cette ténébreuse affaire. Le magistrat renouvelle sa confiance à la brigade criminelle de la Sûreté et demande à être informé des suites des investigations.

À peine a-t-il raccroché que la sonnerie du portable de Renaud retentit. Il voit bien sur l'écran la photographie de Virginie et se réjouit de l'entendre :

— Ça va ? Depuis ton départ de ce matin, tu me manques déjà, avoue-t-elle.

— Tu me manques aussi. Tu vois qu'on ne peut se passer l'un de l'autre !

— Je vois où tu veux en venir mais je ne changerai pas d'avis. De toute manière, le manque de toi entretient mon désir. J'ai besoin de ce manque pour avoir une envie effrénée de te voir. Tu es chez toi ?

— Non au bureau, nous avons un crime sur le dos. Un type étranglé dans sa voiture, rue d'Angleterre. Je supervise tout ça. J'en ai pour tout le week-end, et sans doute la semaine prochaine aussi.

— Oh là, ce doit être passionnant d'enquêter sur un crime, ou sur tout autre chose d'ailleurs. Que ce soit pour San Antonio comme toi aujourd'hui, ou Maigret pour toi demain… ajoute-t-elle en rigolant.

— Je te laisse tranquille, moqueuse, énorme baiser.

L'enquête n'a pas avancé d'un iota pendant le week-end. Rien n'explique la présence de Clamens dans cette rue de Lille. Dès lundi, les enquêteurs ont interrogé tout le personnel de l'usine de transports, et les membres de la direction également. La liste des employés licenciés par le DRH depuis cinq ans a été communiquée aux services de police. Cinq noms ont été retenus. Dans la semaine, tous ont été entendus, tous avaient un alibi solide. C'est le noir complet pour Bernier et son équipe. Le commandant est désespéré. Aucun élément ne peut être exploité. C'est le vide.

Renaud Bartoli, lui aussi est contrarié, une affaire criminelle non élucidée lui est insupportable, inadmissible, mais lui aussi ne sait par quelle bribe il pourrait reprendre cette affaire.

C'est Noël, l'enquête du meurtre de Clamens en est restée au point mort. Ce jour de fête est souvent l'occasion de bagarres, de blessés, d'incidents domestiques. Dans la nuit, le Commandant Bernier qui effectue sa toute dernière permanence de fête avant sa retraite se rend aux urgences du Centre Hospitalier de Lille. Un homme aurait été frappé de plusieurs coups de couteau.

Dans le couloir, un homme est conduit aux boxes, il est ouvert à la joue droite, sous l'œil. L'officier, accompagné d'une infirmière pense qu'il s'agit de sa victime. Il questionne la soignante de service :

— C'est cet homme qui a été agressé ?

— Non, pas du tout. Lui, il est tombé sur des débris de verre en dansant. Il était complètement saoul, et il l'est encore un peu d'ailleurs. Vous parlez d'une fête ! Sa partenaire de danse s'est ouvert les deux pieds avec le verre. Elle n'était pas très nette non plus. Allez, suivez-moi je vous emmène à votre client.

Le commandant continue à suivre son guide dans les couloirs. Tout en marchant, il repense à l'homme blessé à la joue. Il connaît cette tête-là, il a déjà eu affaire à lui, mais pourquoi ? À quelle occasion ? Pour un délit très certainement, mais lequel, cela ne lui revient pas. Il questionne l'infirmière :

— Vous connaissez le nom de ce garçon blessé à la joue ?

— Non, mais je lui attribué une fiche, de mémoire le prénom est Kevin, je crois, avec nom polonais.

— Ça va, je sais qui il est. Merci.

Bernier se remémore ce type : Kévin Gorski, autrefois auteur d'un braquage raté, avec un pistolet qui tirait des balles à blanc. C'est lui qui avait dirigé la procédure à cette époque, il s'en souvient bien maintenant. Une véritable petite crapule.

Il peut ensuite questionner la victime des coups de couteau, il est hors de danger, aucun organe vital n'a été touché. Il est un peu sonné, mais est tout de même capable d'énoncer quelques mots. L'affaire n'est pas bien compliquée, il suffira d'interpeller dès demain, les deux agresseurs, dont les noms, ont été soufflés au Commandant.

Renaud Bartoli appelle Virginie, il sait qu'elle est partie passer Noël dans sa famille à Saint-Valery. Il ne pouvait pas la conduire en voiture car, en tant que plus jeune Commissaire, et dernier arrivé dans la Circonscription de Lille, il doit assurer la permanence du Central, et de tous les commissariats subdivisionnaires, pendant toute cette période. Il s'est contenté de la conduire à la gare, et a promis de venir la reprendre début janvier.

— Bonjour, mon amour, tu es bien arrivée ? demande Renaud.

— Sans problème, en gare de Rue, ensuite ma mère est venue me chercher. Et toi, ta permanence ?

— Pas de très gros problèmes pour l'instant. Quand veux-tu que je vienne chez ta mère pour te ramener à Lille ?

— Eh bien, quand tu veux, le deux ou le trois janvier.

— Donc, je serai chez ta mère le deux, dès le matin, tu me manques tellement.

Des mots tendres sont échangés, quelques mots osés également, mais aussi des promesses de futures chaudes étreintes. La conversation dure, les amants ont du mal à la rompre. C'est seulement après trente minutes qu'ils décident à regret de mettre fin à leur langoureux bavardage.

******

Nous sommes en 2018. Virginie avait repris ses cours dès octobre 2017, mais aussi ses extras si particuliers. Elle est toujours avide d'argent, continue de voir ses trois généreux clients. Depuis qu'elle est tombée amoureuse du Commissaire, les séances lui paraissent pénibles, fastidieuses, voire écœurantes. La comparaison est inégale, avec l'un elle ressent de l'amour, du plaisir, avec les trois autres du dégoût. Elle se promet de cesser cette activité dès le mois de juillet prochain, époque où elle espère décrocher son master. C'est sûr, elle lâchera ces trois messieurs et fera de sorte que cela ne devienne que des mauvais souvenirs. Elle pourra enfin vivre un parfait amour avec Renaud, et acceptera sans doute de partager son logis. Encore six mois de galère et c'en sera terminé.

Gérard Pavet l'a récemment relancée, il voudrait la voir le samedi trois février à l'hôtel du « Palais » à vingt heures. Il y sera, et lui communiquera le numéro de la chambre par SMS.

Il lui promet une belle somme d'argent. Virginie a hésité, puis a fini par accepter le rendez-vous. Elle voudrait renouveler ses vêtements d'hiver mais pas n'importe où, dans des boutiques de vêtements de luxe. Il lui faudra également de nouveaux bottillons, celles de l'an dernier portées à peine trois fois, ne lui plaisent plus, et lui semblent déjà démodées.

Ce jeudi premier février, Renaud et Virginie se sont donné rendez-vous au « bar des amis » dans le centre de la ville. Renaud n'est pas d'astreinte, ils ont donc prévu de passer la soirée dans une brasserie, puis la nuit ensemble, au domicile du Commissaire cette fois. Il est dix-neuf heures et ils sont assis à une petite table, face à face, les yeux dans les yeux. Des yeux pétillants d'un amour fou partagé. Quelques minutes plus tard survient Alexandra, accompagnée d'une amie. Apercevant Virginie, elle s'en approche, l'embrasse et serre la main de Bartoli. Après avoir présenté son amie, Renaud propose de leur offrir un verre. Deux chaises supplémentaires sont ajoutées à la petite table et une discussion aimable s'anime. Alexandra remarque parfaitement la liaison qui unit le couple qu'elle vient de rejoindre. Ils sont amants c'est certain. Cette découverte la rend jalouse, elle qui aurait tant voulu avoir une relation intime avec cet homme ! Et Virginie ! elle qui le snobait, qui le trouvait prétentieux, quelle petite garce finalement ! elle a bien joué le coup en feignant l'indifférence

La conversation est vive, Alexandra a été reçue à un concours des douanes. Elle est en école pour une durée d'un an, puis sera affectée comme stagiaire de catégorie A, dans un poste régional, en fonction de son classement final.

L'amie d'Alexandra, Julie Disart, propose à Virginie et Renaud se joindre à eux, le samedi trois février dans la soirée. Elle organise une petite fête pour son anniversaire au domicile de ses parents, absents ce soir-là, à Seclin. Renaud acquiesce, et semble approuver l'invitation, mais Virginie intervient vite. Elle remercie Julie, mais signale qu'elle ne sera pas libre ce soir-là. Renaud ne dit rien, semble interloqué par la décision de son amie. Julie et Alexandra regrettent l'absence de Virginie, mais Alexandra ajoute quand même avec malice que si le Commissaire est libre ce soir-là, il serait le bienvenu. Elle joint l'acte à l'écrit, en lui glissant un petit mot sur une feuille de carnet, où figure l'adresse des parents de Julie, à Seclin.

Virginie a bien observé la manœuvre et présente un visage fermé. Après avoir réglé l'addition, le couple quitte l'endroit.

Dans la voiture, le silence est de rigueur. Renaud se demande ce que Virginie a prévu ce prochain samedi, et Virginie s'inquiète de l'invitation provocante d'Alexandra. Elle connaît bien sa copine et sait ce qu'elle est capable de faire. Il suffit que Renaud soit quelque peu alcoolisé, et elle sera momentanément oubliée. Bien sûr, ce qu'elle va faire avec l'Avocat n'est pas reluisant, mais elle, c'est par nécessité, et non pas par amusement.

Le début du repas partagé en brasserie est au début plutôt glacial entre les deux amoureux. Renaud ne résiste pas à questionner Virginie sur ce qui l'empêche d'être libre ce samedi.

— Je me suis engagée à aider dans un restaurant, en cuisine, et aussi pour ranger après le service. Le samedi, il y a toujours beaucoup de monde dans les restos, avance Virginie avec beaucoup d'aplomb.

— Ah ! Et c'est dans quel restaurant ?

— Ça y est, c'est encore le Commissaire qui m'interroge. Tu m'embêtes à la fin. J'ai besoin d'argent, alors on n'en parle plus, d'accord.

Renaud Bartoli n'insiste pas. Il connaît dorénavant le caractère impétueux de sa compagne. Néanmoins, il a une idée derrière la tête. Elle ne veut rien dire, mais il saura. Il n'est pas flic pour rien. Il se doute bien que sa chérie continue de vendre son corps, mais il veut des certitudes. Si ça s'avère, il agira en conséquence. L'ambiance s'améliore quelque peu, les deux jeunes gens discutent de choses et d'autres, puis finissent par échanger de petits baisers fugaces. Ils ont choisi chacun un dessert, et avant qu'ils soient servis, Virginie demande :

— Tu vas y aller toi à cette soirée ? tu es, semble-t-il fort demandé, courtisé même.

— Ah ! Madame n'est pas Commissaire mais elle me questionne quand même. Eh bien, en fait je ne sais pas encore.

Sans toi ? J'hésite, et puis comme tu dis, n'en parlons plus, d'accord.

Virginie ne relève pas, elle se sent un peu embêtée. Alexandra l'aguicheuse est une véritable bête de sexe. Virginie sait très bien qu'en plus de se prostituer, sans trop de honte, elle lui avait souvent raconté ses multiples aventures avec les hommes. Elle ne lui avait pas caché non plus l'année dernière, qu'elle désirait franchement coucher avec le Commissaire. Elle est jalouse. Et lui, ira-t-il à cette soirée ? Le doute s'installe dans son esprit, ne serait-elle pas possessive finalement, et jalouse aussi elle-même ? Mais, elle ne peut plus décommander son rendez-vous avec l'Avocat. Elle a inventé ce service impératif en restauration, ce serait fou de changer maintenant, et puis c'est vrai, elle a besoin d'argent.

Ils sont enfin contents de se retrouver chez Renaud, dans le même lit, de se cajoler, se caresser, s'ébattre nus l'un contre l'autre, de vivre de nouvelles relations sexuelles intenses.

Le lendemain matin, Renaud se lève le premier, prend un petit-déjeuner, embrasse sa chérie et se rend à son bureau, pour prendre connaissance des faits délictueux de la nuit.

******

Nous sommes le samedi trois février, il est 19 heures, Renaud est stationné au bout de la rue Sainte-Barbe au volant de la Peugeot 308 grise de service. Il attend, il patiente, un œil rivé sur l'entrée de l'immeuble où réside Virginie. Il est là en enquête, son enquête. Il veut savoir.

Le temps lui paraît long, il entend par la radio police, mise en sourdine, les instructions du Chef de poste aux diverses patrouilles. Il est 20 h 10. Il aperçoit enfin sa petite amie, qui se dirige à pied vers le centre de la ville. Il décide de la suivre avec son véhicule au début, puis abandonne sa voiture pour poursuivre sa filature à pied. Dix minutes plus tard, Virginie s'engouffre dans l'entrée d'un hôtel, l'hôtel du « palais ». Renaud constate que cet établissement ne fait pas restaurant. C'est bien ce qu'il pensait, elle a menti. Il ne sait que faire, il est dans la rue, à pied et il commence à pleuvoir, Renaud s'abrite sous le porche d'une maison. De là, il voit bien l'entrée de l'hôtel. L'ondée prend de l'ampleur. Malgré l'abri, les chaussures et les bas du pantalon du commissaire sont mouillés. Bien heureusement, l'averse est courte et cela lui permet de marcher un peu de long en large pour se dégourdir les jambes.

Il est 21 h 30 et Virginie n'est toujours pas réapparue. Si elle y passe la nuit, il ne tiendra pas. Sa patience est récompensée, il est 22 h 10. Virginie sort de l'hôtel. Elle est suivie par un homme assez âgé, plutôt petit et rondouillard. Il reconnaît cet homme : l'Avocat. Il l'avait déjà aperçu à l'hôtel « Montesquieu ». C'est un client de Virginie, c'est sûr maintenant. Ils se saluent en se faisant la bise. Virginie repart à pied tandis que l'homme rejoint une Mercedes de couleur blanche. Renault relève le numéro d'immatriculation. Dès demain, il saura qui est cet Avocat, cet homme qui a certainement joui des faveurs de Virginie. Il paiera, oui, il paiera très cher. Renaud ne décolère pas intérieurement. Il est à la fois abattu, triste, mais aussi très remonté contre cet homme. Un homme qui a touché le corps de celle qu'il aime. C'est insupportable. Mais pourquoi fait-elle cela ? Pourquoi ?

Renaud Bartoli est énervé, il récupère sa voiture mais n'a pas du tout envie de rentrer chez lui. Il lui vient une idée : la soirée de Julie à Seclin. Après tout, il n'est que 22 heures 20, pourquoi ne pas y aller pour se changer les idées ? Sa décision est prise, il sort de son portefeuille le petit mot glissé par Alexandra où figure l'adresse. Il s'y rend, et est accueilli par Julie, assez enthousiasmée de voir surgir le jeune Commissaire alors qu'elle ne l'attendait plus. Alexandra, occupée à danser sur une musique techno, aperçoit Bartoli et se jette à son cou :

— C'est gentil d'être venu. On y croyait plus dit-elle en lui faisant la bise.

Renaud est surpris pas tant d'attention, il accepte la coupe de champagne qui lui est tendue, puis salue les invités. Il n'en connaît aucun, tous sont déjà un peu ivres et il renifle une odeur qui l'oblige à admettre que le cannabis n'est pas absent de l'atmosphère régnante. Il n'y attache pas d'importance, ce soir, il n'est pas venu pour faire respecter la loi. Il se détend un peu, ingurgite des victuailles restantes encore en place sur le buffet froid, et accepte les nouvelles coupes de champagne qui sont versées dans son verre. Alexandra l'oblige, un peu contre sa volonté à se trémousser lui aussi, sur une musique dont il n'est pas friand.

Les gesticulations des filles, de Julie et Alexandra notamment, sont démonstratives, elles affichent clairement la sensualité, voire la provocation. Renaud en est tout émoustillé. La soirée se poursuit dans la joie, elle devient de plus en plus délirante, aidée par l'abus d'alcool. Il est presque trois heures du matin, certains convives sont partis, d'autres sont avachis dans les deux canapés, les fauteuils et à même le sol. Alexandra est un peu bourrée, sa copine Julie également, mais un peu moins, et Renaud légèrement grisé lui aussi.

D'un coup, Julie prend Alexandra par la main, les deux filles s'engagent dans l'escalier avec plus ou moins d'équilibre, puis Julie s'adresse à Renaud, et l'invite à les suivre. Renaud hésite, ne comprend pas ce qu'il irait faire à l'étage, mais Julie, après avoir conduit sa copine sur le palier, redescend l'escalier, attrape la main du jeune homme, et le tire sans qu'il résiste, à l'étage. Elle entrouvre la porte d'une chambre où se trouve Alexandra. Les deux filles se mettent à danser ensemble, puis s'embrassent sur les lèvres. Julie ôte son chemisier puis son soutien-gorge, Alexandra l'imite aussitôt en jetant des regards aguichants vers le commissaire. Elles se frottent les seins, l'une contre l'autre, se caressent et commencent à enlever le bas. Alexandra fait signe à Renaud afin qu'il s'approche et se joigne à elles.

Après une courte hésitation, bien qu'il trouve le spectacle plutôt bandant, et la perspective d'une baise en trio prometteuse, il préfère quitter brutalement la pièce, et sort de la maison. En voyant ses filles agir avec autant de liberté, sans pudeur, il a pensé à Virginie, et l'idée que celle-ci pourrait se conduire ainsi avec des clients le glace. C'est furieux qu'il prend la direction de son appartement.

En cours de route, il change d'avis et prend la direction du Commissariat de Police. L'équipe de nuit, momentanément à l'accueil, est surprise de voir débarquer le commissaire à cette heure. N'est-il pas venu pour un contrôle ? Mais après avoir salué brièvement les policiers présents, il s'engouffre dans l'escalier qui le mène à son bureau. Il s'installe face à son ordinateur, compose le code qui lui permet d'accéder au service des immatriculations, et inscrit le numéro de la Mercédès. La voiture est la propriété de Monsieur Gérard Pavet, domicilié rue de la renaissance à Lille. Ses recherches sur la toile de son ordinateur lui permettent d'en savoir davantage sur ce Pavet. C'est un Avocat, il est à la tête d'un cabinet en plein centre de la ville. Plusieurs noms d'Avocats et d'Avocats stagiaires, hommes et femmes, employés dans son cabinet, sont énumérés. Sur Facebook, il trouve l'âge du monsieur, et diverses photos de lui en tenue professionnelle. Il n'y a aucun doute, c'est cet homme qui est sorti de l'hôtel en même temps que Virginie, il y a quelques heures. C'est cet homme qui s'est frotté à la peau de sa chérie, c'est lui qui l'a sûrement pénétrée, c'est cet Avocat qui a désormais un ennemi haineux, revanchard, en la personne du Commissaire. Un Bartoli remonté, qui entrevoit un projet maléfique et diabolique, à son encontre. À aucun moment, le jeune homme, curieusement, ne songe à en vouloir à celle dont il est éperdument amoureux.

Il n'a pas fallu longtemps pour que le Commissaire assimile bien les habitudes et les déplacements de l'Avocat. Dès le début du mois de mars, il sait tout sur lui, et plus particulièrement que cet homme fréquente de façon régulière le « Rotary club » de Villeneuve d'Ascq, dont les séances se déroulent le vendredi, une fois par semaine, et se terminent souvent très tard. Virginie continue à inventer des travaux intérimaires dans les restaurants. Renaud estime que ça fait beaucoup trop souvent. Il ignore encore que Pavet n'est pas le seul client de sa belle. Son travail de filature et planque ne se fait plus dans le cadre de son travail, qu'il néglige quelque peu depuis une semaine, mais au profit de son enquête personnelle.

Gérard Pavet est sa cible et ce dernier est loin d'imaginer que dans l'ombre, un homme va s'acharner à sa perte.

Renaud et Virginie se voient un peu plus d'une fois par semaine. Ils ont parfois du mal à se quitter. C'est très souvent chez Virginie qu'ils s'ébattent sexuellement. Renaud y passe la nuit avant de regagner son logis le matin, puis son bureau. Il est toujours intrigué par l'emploi du temps de sa compagne, qui lui assure que certains soirs, elle ne peut être libre pour de prétendus travaux dans des restaurants. Ce Pavet serait-il aussi gourmand ? aurait-elle affaire à un obsédé ? Riche sûrement, mais pervers surtout. Bartoli, lui aussi, n'a qu'une obsession, son idée macabre chemine, prend forme, cet homme qui se permet de toucher à celle qui lui appartient, doit disparaître définitivement. Il lui insupportable de continuer à imaginer les caresses d'un homme sur le corps de sa bien-aimée. Alors, il va agir.

*****

Nous sommes le vendredi neuf mars. Renaud a tout préparé ; gants en latex, cagoule, cordelette. Il s'est entraîné plusieurs fois à faire des nœuds, tel un gaucher. Il est vingt-trois heures cinquante. Le Commissaire est dans sa voiture, en planque devant le local du « rotary club » à Villeneuve d'Ascq. Il sait que sa cible va bientôt sortir, c'est sa troisième surveillance à cet endroit, mais aujourd'hui c'est décidé, il doit passer à l'action. Il a en vue la Mercedes blanche de Pavet. Celui-ci n'a toujours pas quitté le club. Il est minuit vingt, plusieurs hommes sortent de l'immeuble, Pavet est parmi eux, il discute, salue les uns et les autres. Le groupe se disperse et l'Avocat rejoint sa voiture.

Il est aussitôt pris en filature par le Commissaire au volant de sa Peugeot 308 de fonction. Pavet se dirige vers son domicile, les rues sont peu fréquentées à cette heure et les piétons absents des trottoirs. Il traverse Hellemmes, se dirige vers Fives par la rue Chanzy, puis emprunte la rue de Cambrai. Renaud est un peu surpris, Pavet ne prend pas le même itinéraire que d'habitude. La Mercedes aborde la petite place de l'église Saint-Michel et s'arrête aux feux du carrefour de la rue Henri Kolb. Le feu vient juste de passer au rouge. Renaud stationne son véhicule sur le côté et se précipite à toute vitesse vers la porte du conducteur de la voiture de Pavet. Cagoulé et ganté, il sort son pistolet Sig Sauer, braque l'Avocat, tout en s'engouffrant à l'arrière du véhicule. Il pointe son arme sur la nuque du conducteur, puis lui colle avec force le canon sur la joue droite.

Pavet, surpris par cette soudaine manœuvre, est affolé et effrayé. Il tente de réagir en protestant mais il n'insiste pas quand il sent d'un coup le canon de l'arme heurter violemment le creux de son oreille droite.

— Tu ne bouges pas, tu fais ce que je te dis où t'es mort, compris, balance fermement à voix forte son agresseur.

— Mais pourq…

— Ta gueule ! le feu est au vert, allez roule.

L'Avocat obéit et emprunte les rues désignées par Renaud. Il tremble, est saisi par l'angoisse. Il n'ose parler, le canon de l'arme est toujours fortement enfoncé sur son oreille droite.

Renaud a choisi d'emmener l'homme dans la rue d'Angleterre, mais cette rue est un peu trop éclairée. Il oblige Pavet à prendre une rue perpendiculaire déserte à cette heure, la rue Coquerez. L'ordre lui est donné de stationner la Mercedes sur sa droite. Dès que l'automobile est à l'arrêt, Bartoli pose son pistolet sur la banquette, sort promptement la cordelette de sa poche, se lève le plus qu'il le peut, et entoure le cou du chauffeur prostré. Il fait un nœud simple, et serre de toutes ses forces. Pavet se débat par une bourrade des jambes en heurtant violemment le volant, puis tente de desserrer le lien, mais la force exercée par son agresseur est vigoureuse. Il entend vaguement les paroles de son agresseur qui lui lance avec une voix méchante « petite salope, ça t'apprendra à profiter d'une jeune femme avec ton fric de merde ». Les doigts de Pavet ne parviennent pas à agripper la corde, l'homme commence à étouffer, il tire la langue, il est vite asphyxié. Ses ruades deviennent molles. La force exercée par ce sportif musclé a facilement raison du sexagénaire qui finit par s'immobiliser complètement.

Par sécurité, Renaud persiste encore, sert de plus en plus fort avec une folle énergie. Il maintient son étranglement encore une bonne minute, et finit par admettre que sa victime est bien morte.

Bartoli enlève alors la corde du cou de Pavet, et s'évertue à reconstituer le lien à la manière d'un gaucher.

Il reprend son pistolet, s'empare du portefeuille du cadavre, et sort de la Mercedes prudemment, en jetant des regards circulaires. Il entreprend ensuite une longue marche pour rejoindre sa Peugeot 308 laissée rue Henri Kolb. En route, sans même en consulter le contenu, dans une rue située à mi-chemin de sa destination, il balance le portefeuille de sa victime dans une bouche d'égout.

C'est vers deux heures du matin qu'il peut enfin rejoindre son appartement. Il est satisfait, tout s'est passé comme prévu. C'est le plan parfait. Personne ne l'a vu, il n'a laissé aucune trace, nul doute qu'on mettra ça sur le dos du meurtrier de la rue d'Angleterre. Il s'attend à un appel du Commissariat central dès l'aube, un passant aura sûrement découvert le corps sans vie d'un homme dans sa voiture.

Il ouvre son réfrigérateur, y prélève une bouteille d'eau minérale fraîche, et à même le goulot, absorbe une grande rasade. Il gagne ensuite la salle d'eau et se douche longuement. L'homme qu'il voit ensuite dans le miroir est un assassin. Lui, Commissaire de Police, chargé d'arrêter entre autres, les criminels, en est un. Incroyable, mais Bartoli ne se voit pas ainsi, il n'est pas un tueur, il a simplement résolu un problème. Un vrai tourment qui le traumatise depuis plusieurs mois. L'affaire est réglée. C'est sans le moindre remords qu'il s'allonge sur son lit.

Il est serein, apaisé, un peu comme un homme qui vient de guérir soudainement d'un cancer, d'une maladie mortelle. Il sait que son portable va sonner dans quelques heures, mais cela ne l'empêche pas de s'endormir comme un enfant fatigué.

******

Ce samedi matin, comme attendu, la sonnerie du téléphone mobile de Renaud Bartoli retentit. Il est inscrit le mot « Commissariat » sur l'écran. Il est huit heures vingt, c'est le Lieutenant Martin Delrue, l'Officier permanente :

— Commissaire Bartoli, j'écoute.

— Bonjour ! Monsieur le Commissaire, Lieutenant Delrue, on a encore découvert le corps d'un homme étranglé dans sa voiture rue Coquerez. Ça ressemble beaucoup au crime d'octobre dernier. J'ai avisé le chef de la Crime et l'Identité Judiciaire.

— Vous avez bien fait. J'arrive, mais où se trouve la rue Coquerez ?

Renaud savait qu'il était dans une rue perpendiculaire à la rue d'Angleterre, mais ne connaissait pas le nom de cette rue, il avait d'autres préoccupations que de tenter de lire la plaque, surtout de nuit.

— C'est une petite rue qui donne sur la rue d'Angleterre, précise l'Officier, vous verrez, on y est avec le fourgon de Police.

— Très bien, je ne connaissais pas cette rue mais je trouverai. À tout à l'heure Lieutenant.

Sur place, il est mis en présence du Commandant Gérard Bernier. Le Chef de la brigade criminelle est arrivé avant lui, il est maintenant secondé par trois de ses hommes. Les services de l'Identité Judiciaire procèdent minutieusement aux constatations et à d'éventuels relevés de traces papillaires ou génétiques. Il en ressort que l'homme a été étranglé par une personne gauchère, probablement forte. Aucun portefeuille n'est découvert, et aucune trace exploitable n'est relevée. Bernier résume l'affaire :

— Ce crime ressemble au crime commis près d'ici au mois d'octobre. Un gaucher, un homme probablement costaud, avec le vol du portefeuille, dans le même secteur, et encore un vendredi soir. D'après l'immatriculation, il s'agit d'un Avocat bien connu. Le Lieutenant Delrue qui a déjà dû faire appel à lui pour la défense d'une personne gardée à vue, l'a formellement reconnu. Il s'agit de Maître Gérard Pavet, célèbre pour ses interventions fantasques dans les tribunaux, mais aussi loquaces à la radio. Il va falloir prévenir son épouse. Il habite rue de la Renaissance, on se demande ce qu'il était venu foutre ici.

Le jeune Commissaire n'y avait pas pensé, mais le petit résumé de son collègue l'arrange. Il a bien fait d'agir un vendredi soir. Un élément supplémentaire qui va assurément orienter les investigations vers un tiers. Il ajoute :

— Effectivement, il s'agit sûrement du même assassin. Ceci ne fait aucun doute. Il va falloir arrêter le massacre car on va bientôt avoir les médias sur le dos. Ils ne vont pas manquer d'indiquer qu'il s'agirait probablement d'un tueur en série.

Le Commissaire rappelle du renfort pour aider les enquêteurs du crime et participe lui-même aux investigations. Au Substitut rendu sur place, il affirme qu'il y a une substantielle similitude entre ce crime et celui qui a été commis en octobre 2017. Il s'agit d'identifier rapidement l'auteur de ces deux assassinats.

En fin de journée, Virginie appelle Renaud. Elle aimerait qu'ils passent ce samedi soir ensemble, sans oser avancer qu'elle englobe la nuit dans sa demande. Son Roméo : le Commissaire Renaud Bartoli, intérieurement satisfait de cette sollicitation, avance qu'il ne pourra pas venir avant vingt heures, il a la charge d'une enquête pour meurtre commis la nuit dernière. Il lui déclare que de toute manière, il lui est impossible de se passer d'elle, qu'il sera présent, car il l'aime passionnément.

— Et bien, viens à vingt heures si tu veux, enfin si tu peux. Je préparerai une tarte aux maroilles, mais si tu ne peux pas, ce sera pour une autre fois, propose la jeune femme.

— Je viendrai. J'ai une folle envie de te voir. Mais le maroilles n'est pas ce qui le mieux pour échanger des baisers, répond-il en riant.

— Je te prêterai ma brosse à dents, voilà tout. Moi aussi, j'ai une très envie de te voir.

La conversation s'arrête là. Renaud lui annoncera la mort de son mécène ce soir. Il est curieux de savoir quelle sera sa réaction. Bien sûr, elle ne lui dira qu'il couchait avec elle pour l'argent. Mais montrera-t-elle les stigmates d'une émotion ? Rien que cette idée l'amuse. Ce qui le réjouit le plus est que ce sale type ne touchera plus le corps de sa belle. Personne d'autre que lui n'en a le droit. Elle lui appartient, elle est à lui. Une chose est sûre : il ne se savait pas si jaloux, cette femme l'a envoûté. Une jalousie maladive qui lui a fait commettre un crime. Un crime ! non, il n'a fait que supprimer un salaud, une épine géante qu'il ne supportait plus, bien enfoncée dans son crâne.

Après cette première journée d'enquête au cours de laquelle les proches, amis, et relations professionnelles de l'Avocat ont été entendus, l'enquête de voisinage largement déployée, le jeune Commissaire rentre chez lui, se douche, réduit sa barbe à un centimètre, se parfume, puis se rend rue Sainte-Barbe, chez sa chérie. Il est un peu plus de vingt heures. Il se réjouit d'être accueilli un peu comme le messie. Virginie saute dans ses bras, alors même que la porte de son studio n'est pas refermée. Un long et langoureux baiser est échangé sur le seuil. Il est indéniable qu'ils avaient tous les deux une envie irrésistible de se revoir, et surtout un appétit sexuel partagé. Renaud finit par repousser la porte en la claquant avec son pied, il entraîne ensuite sa compagne sur le canapé où ils partagent de nouveaux longs baisers accompagnés de caresses ciblées.

La séance d'échanges buccaux et de caresses intimes doit tout de même prendre fin. Virginie propose alors d'ouvrir une bouteille de champagne en guise d'apéro, avant de déguster la tarte qu'elle a préparée. Renaud regarde autour de lui, il connaît bien le studio mais s'interroge. Cet appartement est assez coquet, et bien équipé, peu d'étudiants peuvent se targuer de louer un tel logement, timidement il souffle à sa compagne :

— C'est pas mal du tout ici, le loyer ne doit pas être donné… en plein centre de Lille ?

— Oui, c'est assez cher, mais je m'en sors, tu vois. Allez, buvons.

Bien entendu, Le Commissaire sait comment elle parvient à s'en sortir… parvenait, maintenant. Ses fameux extras ! Mais maintenant, elle ne pourra plus. Sa caisse de provision financière n'existe plus. Viendra-t-elle habiter avec lui ? Il l'espère. Sa morbide opération nocturne de vendredi devrait aboutir à cela.

— Alors, il y a encore eu un meurtre vendredi soir ? questionne Virginie.

— Oui, et dans le même secteur qu'au mois d'octobre de l'année dernière, près de la rue d'Angleterre, Un homme d'une soixantaine d'années, étranglé avec vol de son portefeuille.

— C'est pourtant un secteur calme, et on le connaît ce type ? insiste Virginie.

— Pas vraiment, c'est un Avocat, il était surtout connu dans le milieu judiciaire.

Virginie ne réagit pas. Renaud l'observe discrètement. Il va bientôt lui révéler le nom de cet Avocat. Tout en servant une seconde coupe et en glissant quelques baisers furtifs à son amoureux, Virginie poursuit :

— Ah ! Le milieu judiciaire, donc toi, tu devais le connaître… non ?

— Un peu… et après un court silence au cours duquel, il fixe le visage de sa chérie

— Il s'agit d'un nommé Pavet… Pavet Gérard.

Virginie est saisie d'effroi par cette nouvelle. Renaud le lit sur son visage. Néanmoins, elle se reprend vite, sait qu'aucun signe d'émotion ne doit s'afficher dans son attitude, aucune expression ne doit dévoiler son trouble. Elle en profite pour prétexter un besoin urgent pour se rendre aux toilettes, laissant son compagnon seul, sur le canapé. Renaud est satisfait de son effet, il a bien vu le désarroi que sa bien-aimée a tenté de dissimuler.

Quelques minutes plus tard, Virginie réapparaît. Ses yeux sont un peu rougis, Renaud feint de croire en l'indifférence de sa compagne :

— On se sert une autre coupe ? Tu le connaissais ce mec ?

— Un peu, de nom, mais sans plus. C'était un Avocat assez célèbre.

— Une grande gueule surtout. On va trouver son meurtrier, il n'y a pas de doute, c'est le même qu'au mois d'octobre. Eh bien, on la mange ta tarte au maroilles, j'ai hâte de te faire un câlin crapuleux.

— Et amoureux j'espère.

Pour confirmer ce sentiment, Renaud embrasse Virginie dans le cou avec beaucoup de tendresse. À ce moment-là, il ne sait pas que son amoureuse a la tête ailleurs, elle pense à Gérard Pavet, l'homme qu'elle ne verra plus jamais. Elle se reprend et annonce :

— Ce n'est pas de la tarte au maroilles, mais de la tarte au saumon. Je ne voulais pas te dégoûter avec une haleine de cow-boy.

Renaud éclate de rire, Virginie s'efforce de sourire. Le plat est dégusté et apprécié par les deux êtres aux regards complices échangés. La cuisinière est complimentée avec sincérité par le jeune homme. Les amoureux, impatients, gagnent la chambre et le lit, puis amorcent une copulation effrénée. Pour la première fois, Virginie simule l'orgasme. Cette fois, le cerveau n'a pas suivi.

Chapitre 8

Bachira tente de lire la liste de commissions que lui a rédigée Kévin. Non seulement elle ne sait pas bien lire, mais l'écriture de son compagnon est brouillonne. Elle a peur d'oublier quelque chose, et se demande si elle ne ferait pas mieux de demander de l'aide à une vendeuse affairée à disposer des marchandises dans les rayons. Elle sait qu'elle va encore passer pour une « bébête », mais ceci vaut mieux que de se faire enguirlander, et même prendre des coups. Kévin est de plus en plus méchant avec elle, il la tyrannise, elle le craint beaucoup. Néanmoins, elle n'a que lui, et malgré son comportement agressif et son attitude autoritaire envers elle, Bachira l'aime tout de même, ou croit l'aimer. Le sentiment d'amour est assez confus dans son esprit. Elle ne connaît que ce garçon, et n'est pas loin de penser qu'il en est toujours ainsi au sein des couples.

Il ne faut surtout pas qu'elle oublie les packs de bière, ce serait catastrophique pour elle. Finalement, elle se décide, et ose présenter son papier à l'employée du magasin. Cette dernière regarde Bachira, comprend vite que cette fille semble embarrassée, mais aussi un peu attardée mentalement. Elle remplit le caddy avec gentillesse, et Bachira peut regagner son studio, un sac lourd à la main. Le sac est surtout lourd à cause des deux packs de bière et ce poids l'oblige à s'arrêter de temps en temps avant de reprendre sa route. Heureusement, le libre-service situé rue Gambetta n'est pas trop éloigné. Kévin lui avait confié deux billets de cinquante euros avant d'engager la poursuite de nouvelles exactions.

Kévin a de plus en plus de mal à ramener de l'argent. Outre les cars-jackings, il a décidé d'entreprendre des cambriolages dans les maisons individuelles de l'agglomération Lilloise. Nous sommes au milieu du mois de mars, il erre dans un quartier de Lambersart. Il n'a pas besoin de commettre des vols par effraction, sa tactique est simple. Cette manière de faire est bien connue des policiers. Il va de maison en maison, pousse la porte, et si c'est fermé, il n'insiste pas. Il lui arrive de trouver, encore assez souvent, des portes non verrouillées. Certaines personnes ne sont pas assez méfiantes, ou étourdies, elles ne ferment pas, ou oublient de fermer à clef leur porte d'entrée. Généralement, lorsque Kévin parvient à pousser une porte non clôturée, il a la chance de se trouver face à un porte-manteau, ou une commode, et là, il lui est facile de dérober un portefeuille dans une veste accrochée, ou un sac à main, abandonné dans le couloir d'entrée. Il jette les contenants après y avoir prélevé l'argent liquide.

Bachira ne l'accompagne plus dans ses virées de piraterie, elle l'attend comme une femme au foyer. Elle fait les courses, les repas, et se promène dans les rues commerçantes en enviant les tenues féminines exhibées dans les vitrines. À une occasion, elle s'est rendue chez Charles Duroi, mais à son grand regret Léontine était là, toujours nantie d'une paire de béquilles. Depuis cette fameuse soirée de Noël, la jeune femme n'a jamais pu se satisfaire d'une séance amoureuse avec l'oncle. Kévin, pour sa part, continue à culbuter sa compagne sans le moindre sentiment, assez sauvagement, et toujours avec les mêmes mots relatifs à ses seins, pour finir sa copulation en moins d'une minute, et s'endormir aussitôt.

Il se trouve que sa nouvelle activité se révèle assez rentable, il lui suffit de trouver trois ou quatre portes laissées ouvertes dans une journée, pour amasser cent-cinquante à deux-cents euros par jour. Le loyer est donc assuré chaque mois, et le couple dispose de suffisamment de ressources pour manger, et s'habiller. Bachira n'est pas tout à fait sotte finalement. Elle sait très bien que son Kévin ne pourra pas continuer longtemps à glaner de l'argent avec ses agissements. Un jour, il sera plus vieux, moins alerte. Il sera peut-être aussi arrêté par la Police, c'est couru. Que deviendront-ils ?

Pourtant, un épisode particulièrement fâcheux va contraindre le jeune délinquant à modifier sa stratégie. Un mardi matin, vers onze heures, en sillonnant une rue de la commune de La Madeleine, il a la chance de pousser la porte non verrouillée d'une maison de maître. Le hall, plutôt spacieux donne accès à un large escalier. À l'étage, on entend un homme et une femme en train de discuter. C'est une belle aubaine, car un sac à main à bretelles est accroché à une patère du mur, juste à côté d'un veston masculin. Kévin s'empare d'un portefeuille et du sac à main, et s'apprête à prendre la fuite lorsque surgit un chien labrador de couleur sable.

L'animal aboie d'abord, puis en grognant se met à la poursuite du voleur. Il finit par lui attraper l'arrière de la cheville droite, et le mord. Kévin sort son pistolet glock, et tire une balle sans vraiment viser le chien. L'assourdissante détonation fait fuir le labrador qui regagne son domicile en trottinant. Après tout, il a fait son boulot, il a éloigné un intrus.

Kévin saigne, il souffre un peu, mais comme le coup de feu a forcément attiré la curiosité des riverains, il s'enfuit en courant et prend la toute première rue perpendiculaire sur sa droite. Il a toujours le sac et le portefeuille, et ce n'est qu'après avoir couru pendant une dizaine de minutes, qu'il se colle dans le recoin d'un garage, et apprécie la qualité de son butin : trois-cent-soixante-dix euros en tout, et le téléphone portable de la dame. Il jette le sac et le portefeuille dans une poubelle placée devant une maison, et décide de rentrer chez lui. Il marche assez vite malgré une cheville douloureuse. Sur le coup, quand il s'est agi de s'enfuir, il ne sentait pas la douleur, mais maintenant qu'il est hors d'atteinte, il souffre intensément et se met à boiter légèrement.

Lorsqu'il pénètre dans son petit logement, Bachira constate que son compagnon claudique. Kévin lui montre sa blessure, puis lui tend un billet de vingt euros, extrait de son récent butin.

— Va à la pharmacie en bas de la rue, et prends des pansements, et aussi un antiseptique, ordonne Kévin.

— Un anti… quoi ? Tu peux l'écrire là, répond-elle en lui tendant un morceau de papier et un stylo.

Il s'exécute, et lui demande de se dépêcher. Il compresse la morsure avec un mouchoir en papier, mais ça saigne toujours un peu. Bachira file à la pharmacie.

Kévin s'empare d'une canette de bière, puis sort le téléphone portable prélevé du sac de la dame. Il ouvre la rubrique galerie, et s'amuse à en visionner les photographies. Ce sont des photos de famille, des images de lieux de vacances, mais aussi une femme en bikini, photographiée plusieurs fois sur une plage dans différentes pauses. Cette femme d'une trentaine d'années a l'air plutôt jolie et bien faite. Ce doit être l'épouse du propriétaire de la maison de maître pense le curieux.

De retour, Bachira s'emploie à soigner son amoureux, ce faisant elle le questionne sur l'origine de cette blessure.

— C'est une saloperie de clébard qui m'a mordu. Pas grave, je leur ai quand même piqué plus de trois-cent-soixante-dix euros. Pas mal hein ! et j'ai le portable de madame. Regarde… c'est elle. Elle est vachement bien foutue hein !

Bachira regarde attentivement les photographies de la femme que son homme reluque avec concupiscence, admet intérieurement qu'elle est jolie, sans l'exprimer, et ajoute avec une intention piquante :

— Oh oui, elle n'est pas mal, mais ce n'est pas une femme pour toi. Elle est trop…

Kévin la coupe sèchement en lui reprenant brutalement l'appareil des mains.

— Elle est trop belle pour moi… c'est ça ! je dois me contenter d'une grosse vache comme toi, hein ! c'est ce que tu veux dire, hurle-t-il.

— Non, c'est pas ça, murmure Bachira craintive. Je veux dire qu'elle est trop riche, elle n'est pas du même monde que nous. Voilà.

Kévin n'insiste pas, il s'abreuve d'une seconde canette et se met à explorer maintenant la messagerie du mobile. Les textos sont nombreux et datent. Certains sont très clairs, d'autres assez confus. Ces derniers SMS, un tantinet équivoques, proviennent toujours du même numéro, ils sont courts et semblent évoquer souvent un rendez-vous galant en perspective. Ils sont toujours signés par la lettre B, et accompagnés de la même émoticône, celle qui fait un clin d'œil. Kévin relit à plusieurs reprises ces textes, et croit comprendre qu'il s'agit d'un échange entre la dame et son amant. Il se souvient avoir aperçu une plaque sur la maison, il ne sait plus ce qu'elle indiquait, un médecin peut-être. Une idée germe dans son esprit. Cette femme a un amant, elle trompe son époux et bien entendu, celui-ci l'ignore, et il vaut mieux pour elle. Kévin a sous les yeux le numéro du tourtereau, et celui de la femme infidèle. Il y a là, sans aucun doute, matière à leur soutirer de l'argent. Maître chanteur, voilà un rôle auquel il n'avait jamais pensé, une démarche toujours aussi canaille et illégale, mais qui peut être intéressante, et moins risquée a priori. Le jeune homme réfléchit à la manière dont il pourrait s'y prendre.

Quelques jours plus tard, l'idée a bien été cogitée dans l'esprit de Kévin. Sa blessure ne le gêne plus, il remarche normalement et entreprend de se rendre devant la maison de maître, à La Madeleine, lieu de son dernier exploit. Il s'avance prudemment vers la porte et constate qu'une plaque en plexiglas gris est fixée au mur. Il en relève l'inscription en lettres noires, du nom, prénom et numéro de téléphone :
« Jean-François Delatour, Expert-Comptable ». Kévin sourit : il ne peut pas « expert – compter » sur sa femme celui-là. La dame s'appelle donc Delatour. Il va enfin pouvoir appeler son amant et exiger une rançon, pour acheter son silence, et récupérer l'appareil portable de sa maîtresse, raisonne le futur maître chanteur. Il ne faut pas demander trop d'argent afin que cela se fasse sans que la Police soit alertée, alors six mille euros, ce serait bien. Mais où devra-t-il déposer cet argent liquide ? Il bloque à ce niveau, puis retient la première idée qui lui vient en tête. Finalement, il ira prendre l'argent lui-même, de nuit, casqué et cagoulé, à un endroit qu'il aura fixé, pistolet Glock en poche en cas de problème. Le lieu, il le connaît bien, ce sera rue du Ballon, face au cimetière de l'Est, à l'entrée du parking Silo.

De retour dans son gourbi, il raconte à Bachira sa nouvelle trouvaille. Grâce à son intelligence, ils vont bientôt disposer de six mille euros. Kévin avance son plan avec aplomb, sûr de lui. Bien sûr, il appellera avec le portable de Madame Delatour mais il faudra que ce soit assez bref car la batterie n'est plus chargée qu'à moitié.

Ce qui est décidé se fait. Ce vendredi neuf mars, il compose le numéro de l'amant présumé, mais n'accède qu'à sa messagerie. Il en relève un avantage, il connaît dorénavant son identité : Benoît Pradi, présenté comme étant Architecte. B comme Benoît. Elle n'est pas rusée la femme adultère, bien heureusement, son mari ne doit pas fouiner dans le portable de son épouse. Il renouvelle son appel quelques minutes plus tard :

Benoit Pradi qui a vu la photographie d'Élise Delatour sur l'écran de son portable exprime sa colère :

— C'est vous qui avez volé le mobile de Madame Delatour, vous êtes un petit salopard.

— Oui, c'est bien moi le voleur du téléphone de votre maîtresse, Monsieur Pradi.

— Comment ça, ma maîtresse ?

— Vous savez, j'ai lu toute la messagerie sur le mobile de madame, c'est Monsieur Delatour qui ne va pas être content, et votre femme aussi peut-être.

Un silence, on sent que l'architecte réfléchit. Kévin remet ça :

— Hé, vous êtes là ? vous m'écoutez ? Je crois bien que Monsieur Delatour, expert-comptable à La Madeleine ne va pas apprécier de se savoir cocu.

— Qu'est-ce que vous voulez ?

— Du fric, oh ! pas beaucoup, six mille euros en liquide et je ne dis rien. Je vous rends aussi le portable. C'est ça ou c'est à ce Delatour que je le rends.

Une fois de plus, l'interlocuteur prend son temps, Kévin commence à s'énerver et à le tutoyer :

— Bon ! tu te décides ou quoi ? Je veux une réponse tout de suite, sinon demain je dépose le mobile chez le cocu.

— Bon, ça va, six mille c'est beaucoup, il me faut plusieurs jours pour demander cette somme à ma banque.

— Dans trois jours, pas plus. Rendez-vous mardi à deux heures du matin, rue du Ballon, devant le cimetière de l'Est et le parking Silo. Si tu n'es pas là, je balance.

— OK, j'y serai, et on se reconnaît comment ?

— T'inquiètes… t'as quoi comme voiture ?

— Une Alfa Roméo blanche.

— C'est bon, je te trouverai. Surtout pas d'embrouilles hein ! et Kevin coupe la communication, assez content de lui.

Il se frotte les mains avec enthousiasme, et se sert une bière.

Bachira qui n'a pas entendu les propos de Pradi, questionne son compagnon. Elle lui fait part de son inquiétude. Elle lui dit que là, il va peut-être une peu trop loin, que c'est dangereux, que cet homme pourrait aussi alerter la Police.

— Laisse-moi faire Lolo, tu n'es qu'une peureuse. Avec toi, on dormirait sur les trottoirs. Tu n'es bonne qu'à me donner tes gros nichons et ton gros cul. Alors, laisse faire l'homme.

Bachira ne répond pas. À la demande de son « homme », elle lui apporte une seconde bière. Quelques larmes perlent de ses yeux. Cette femme n'est certes pas maligne, mais démontre une grande sensibilité. C'est attristée qu'elle se tourne vers l'écran du téléviseur constamment en marche.

Ce qui avait été décidé et ordonné par le maître chanteur se fit le mardi à deux heures du matin. Kévin avait soigneusement nettoyé l'écran et le dos du portable avant de se rendre au rendez-vous qu'il avait lui-même fixé. C'est avec la Clio de l'oncle Charles qu'il se rendit près de la rue du Ballon. Il stationna sa voiture dans une rue perpendiculaire située à près de deux cents mètres de celle attribuée à Pradi, et il l'aborda d'un ton sec et autoritaire, pistolet en main. L'amant confondu, quelque peu effrayé par l'attitude belliqueuse du jeune homme, lui tendit aussitôt une grande enveloppe en papier kraft contenant la somme exigée. Kévin, s'assura du montant tout en continuant à braquer Pradi, puis jeta le portable enfermé dans un sachet plastique transparent sur le siège du passager avant du véhicule. Il lança ces mots avant de s'éloigner :

— Si j'apprends que tu préviens la Police, je me rends chez le comptable aussitôt, compris. Sinon, sois rassuré, c'est fini entre nous.

Benoit Pradi se contenta d'un signe de tête approbateur et s'empressa de démarrer et de quitter les lieux.

Ainsi, de retour au foyer, Kévin fut fier d'exhiber les billets à sa compagne pourtant endormie. Il se glissa à ses côtés, se colla derrière elle comme pour se réchauffer, et lui susurra à l'oreille :

— Lolo ! Je vais changer de méthode je ne vais plus travailler dans Lille et les environs, les flics de Lille pourraient me trouver à la longue. On va reprendre les vols de voiture, dans un large rayon, comme les mois derniers. Les poulets ne m'auront pas.

Kévin ne se rendit pas compte que Bachira ne l'avait même pas entendu, elle dormait profondément. Il s'endormit très vite pratiquement en souriant, satisfait et altier.

******

Chapitre 9

Virginie a éprouvé un peu de peine en apprenant la mort de Gérard Pavet. Apprendre la mort de quelqu'un que l'on connaît bien est toujours triste et émouvant. Ce qui l'embête aussi, et même surtout, est qu'elle a perdu un bon client. Par contre, elle est dorénavant épargnée de la répugnance des tâches avilissantes, ces rapports consentis avec dégoût avec lui, mais elle va devoir se passer d'une manne financière qui n'était pas négligeable. Elle sait son attrait pour le luxe, notamment en matière de tenues vestimentaires.

Son attachement au luxe est un peu sa façon de se venger des privations de sa jeunesse. Lorsqu'elle était au collège, puis au lycée, elle éprouvait une certaine jalousie à voir ses camarades de classe évoluer avec des vêtements chics, alors qu'elle devait se contenter de ce que sa mère pouvait payer ; des vêtements provenant des marchés, ou de magasins de premier choix. Ses extras, ajoutés à sa bourse, lui permettent le top en matière de fringues, mais aussi pour payer le loyer d'un logement tout à fait acceptable. Pavet décédé, c'est une part de son pactole qui s'en va, et il est hors de question qu'elle recherche un remplaçant. Elle ne veut plus se fourvoyer avec un autre, se forcer à faire avec réticence et répulsion, ce que les autres femmes font par envie, par amour. Elle espère bientôt réserver exclusivement son corps à l'homme qu'elle aime, celui avec qui elle passe des moments exquis, avec qui, les mots sont du miel, des notes de musique qui constituent une mélodie apaisante, excitante, ensorcelante.

Des mots qui envoûtent, qui laisse l'esprit s'envoler dans des extases amoureuses, de douces caresses qui font qu'elle se sent belle, très belle, des rapports qui lui procurent le plaisir et d'extrêmes jouissances.

Cet homme, il sera dans son lit ce soir. Renaud a promis de venir la chercher. Ils passeront cette soirée ensemble avant de partager avec passion, des moments amoureux faits de doux baisers, de longues caresses, de chevauchées sexuelles répétées. Oui, à ces moments-là, elle sera heureuse. Le bonheur, finalement, c'est simple, c'est un homme et une femme qui s'aiment, en oubliant le reste du monde.

Mais la réalité est là, avec ses exigences, ses besoins, ses impératifs, et pour elle… ses frais. Jusqu'à l'obtention de son diplôme, il faut encore qu'elle gagne de l'argent. Le dermatologue veut la voir, l'écrivain attend que son épouse aille voir sa mère à Amiens. Ces deux-là peuvent encore lui rapporter beaucoup. Jusqu'au mois de juillet, elle acceptera de les contenter, ensuite elle partagera sa vie exclusivement avec son amoureux, avec joie. Elle le lui a promis, et de surcroît, elle-même, y tient énormément. Quelques mois encore à attendre avant de cohabiter avec son Roméo, et chez lui.

Les Juliette et Roméo de la capitale des Hauts de France valent bien ceux de Vérone. Il est vingt heures quinze. Le Commissaire n'a pas besoin d'entonner une mélodie sous le balcon de sa belle pour la charmer et la faire venir, elle y est déjà, elle l'attendait.

Nous sommes le 23 mars 2018. Une fois de plus, comme chaque vendredi, le couple se restaure dans un établissement à la cuisine raffinée, du centre-ville. Comme d'habitude, Virginie chipote un peu, et ne finit pas ses plats pourtant succulents. Elle veut préserver sa ligne. Quant à Renaud, il en apprécie la totalité. Il les a choisis à son goût. Il se chargera dès la semaine prochaine de perdre ces calories superflues dans la salle de fitness qu'il fréquente, ainsi que lors des entraînements de judo qu'il a repris avec assiduité. Il a momentanément laissé de côté le tennis, en raison des charges intenses de travail du moment, à cause notamment des deux crimes commis par étranglement, mais se promet de retourner sur les courts dès l'été prochain.

Un dernier verre dans un bar de nuit, puis une nuit d'amour, avec profusion de caresses réciproques et de copulations répétées épuise le couple des participants, qui s'endorment rassasiés, sexuellement.

Ce samedi matin, Renaud s'oblige à se rendre au Commissariat pour prendre connaissance des événements de la nuit écoulée.

Dans la semaine qui suit, le jeune Commissaire s'intéresse de près aux investigations menées par le Commandant Bernier. Ce dernier semble contrarié, il ne dispose d'aucun élément de nature à orienter ses recherches. Lui et son groupe se sont pourtant démenés pour tenter de trouver une piste, en vain. Renaud Bartoli insiste en avançant qu'il s'agit probablement là, du même meurtrier, sans doute un tueur en série qui a peut-être sévi de la même façon dans la région, voire au-delà. Il propose à son collègue, Chef du crime, de mettre deux de ses hommes sur cette éventualité.

Il suggère aussi d'organiser des patrouilles régulières nocturnes, dans le secteur de la rue d'Angleterre, des rues perpendiculaires et proches, et de faire relever les identités des personnes qui s'y trouvent seules, à pied, mais aussi ceux qui s'y arrêtent, en voiture ou en deux-roues. En mettant en place ce dispositif qu'il pourra contrôler aisément, il s'affiche aux yeux de ses collègues tel un enquêteur acharné, qui démontre un engouement frénétique à identifier l'auteur de ces deux crimes.

Finalement, il est assez fier de son exploit. Il a supprimé l'homme qui osait toucher et « baiser » sa femme, celle qu'il aime passionnément, et personne, aucun policier, aucun magistrat, ne pourrait envisager une seule seconde, qu'il en est l'auteur. C'est impossible, invraisemblable. Il a fait ce qu'il fallait, et a commis le crime parfait.

À aucun moment, paradoxalement, il imagine que sa bien-aimée est responsable de ses choix. Il sait pertinemment que personne ne l'oblige à faire ce qu'elle fait. Elle se comporte en prostituée, vulgairement comme une « pute ». Ce mot donne la nausée au Commissaire. Elle consent à se donner pour de l'argent, activité à la fois immorale, et illégale. En fait, Renaud Bartoli a trop peur de perdre Virginie, il se refuse à engager une conversation avec elle, propos qui seraient forcément assortis de lourds, et véhéments reproches, ainsi entraîner une brouille entre les deux amants. Renaud sait que son amoureuse est plutôt susceptible, et surtout particulièrement têtue. La perdre non, plutôt éliminer l'autre.

Mercredi 26 mars, comme chaque jour en fin de journée, Renaud appelle Virginie et après échange de quelques mots d'amour :

— Tu sais, Virginie, j'ai une idée. On pourrait passer le week-end prochain sur la côte, du côté du Touquet, ou de

Wimereux, enfin où tu veux. On pourrait prendre la route vendredi soir.

Virginie écoute mais ne répond pas tout de suite, elle est un peu gênée. Elle ne sait que répondre et attend la suite.

— Qu'en penses-tu ? je crois savoir qu'il va faire beau, insiste Renaud.

— Oui, bien sûr, ce serait bien mais on pourrait partir plutôt le samedi matin.

— Pourquoi pas dès le vendredi soir, je ne suis pas de permanence ce week-end.

— Eh bien. J'ai du boulot dans un resto vendredi soir, et je m'y suis engagée, tu comprends ?

— Arrête avec tes petits boulots, je gagne un bon salaire, je peux t'aider pour finir tes études. J'en ai marre que tu sois obligée de te salir les mains.

Renaud entend bien qu'il s'agit là encore d'un nouveau mensonge. Aurait-elle d'autres clients ? il aurait pu dire : de te salir, tout court. Il insiste encore :

— Alors, c'est bon pour vendredi ?

Virginie ne savait pas qu'il l'aurait invitée ce week-end complet. En réalité, elle s'est engagée ailleurs, et puis dorénavant elle doit continuer à gagner du fric, et il est hors de question de prendre l'argent de son amoureux. Ce n'est pas un client, lui, Dieu merci.

— Je ne veux pas être à ta charge, donc on part samedi, ou on ne part pas. C'est simple, cela nous fera encore deux jours et deux nuits ensemble, non ?

Renaud capitule. Il sait très bien ce qu'il va faire ce prochain vendredi soir. S'annoncent dans son esprit une nouvelle filature et une nouvelle planque.

— OK, pour samedi, je te prends vers dix heures, ça te va ?

Virginie approuve, affirme qu'elle sera prête. Les deux amants s'embrassent par la voie des ondes, avant de reprendre chacun leur activité.

Après cet appel, Virginie se replonge dans ses bouquins. Il sera question la semaine prochaine qu'elle soit testée sur le droit des affaires, et c'est justement cet aspect du droit qui la rebute le plus. Ses préférences sont davantage le droit pénal, ou le droit civil, mais là, malgré tout, il va falloir qu'elle s'applique sérieusement, et ce n'est pas facile, car son esprit est absorbé par l'échange téléphonique qu'elle vient d'avoir avec Renaud. Elle avait promis à Ludwyk Michalak qui se désolait de ne pas l'avoir vue depuis trop longtemps, d'aller à son cabinet ce vendredi. Le dermatologue, s'en disait ravi au téléphone, et lui promettait une belle somme d'argent. Mais voilà, Renaud l'invite sur la côte ce week-end. Son refus de partir avec lui dès le vendredi va l'intriguer, c'est sûr. Ses inventions de « plonge » dans les restaurants risquent de ne plus fonctionner encore longtemps. Il n'est pas naïf, il est flic, donc méfiant. Il ne faudrait surtout pas qu'il apprenne qu'elle se prostitue. Ce serait terrible pour lui, mais aussi pour elle. Ils sont follement amoureux l'un de l'autre, et elle aurait un mal immense à supporter une séparation. Elle n'est pas fière du tout de ce qu'elle fait, et pour son prochain rendez-vous avec le dermatologue, le vendredi 29 mars, elle prend une décision.

Elle annoncera à Michalak que c'est la toute dernière fois qu'il la reçoit. Pour l'argent, elle se débrouillera.

À contrecœur, elle se contraindra à se passer des affaires de luxe auxquelles elle ne résiste pas.

Satisfaite de cette résolution, elle reprend son livre de droit et, dorénavant rassérénée, parvient à se concentrer sur cette matière du droit qui lui déplaît tant. Elle s'y accroche, et s'applique à retenir les règles jusqu'au milieu de la nuit, en y associant des recherches sur internet. C'est épuisée, que vers deux heures du matin, elle se met au lit après avoir grignoté quelques biscuits de régime. Elle ne s'endort pas immédiatement, et pense de nouveau à son amant. À la longue, il est capable de découvrir sa misérable activité qui lui permet de gagner de l'argent. C'est donc décidé, Michalak, une dernière fois, et il en sera de même pour l'écrivain.

******

Le Commissaire Bartoli, participe avec la brigade des stups à une affaire de trafic de stupéfiants de grande envergure. Il s'agit d'interpeller plus d'une vingtaine de consommateurs, dealers, revendeurs, et importateurs de cocaïne. La brigade des stupéfiants enquête depuis plus onze mois sur ces gens qui revendent principalement cette drogue, dans l'agglomération Lilloise. Les participants ont été identifiés, et ce mercredi matin dès six heures, plusieurs équipes de la Sûreté seront déployées pour interpeller et perquisitionner au domicile des personnes suspectées. Le Commissaire a choisi d'accompagner le Commandant, chef de la brigade, censé se rendre chez le personnage clef du trafic. Il aime ce genre d'opérations. L'action prime à la procédure qu'il maîtrise pourtant parfaitement bien, mais là, ça remue, ça bagarre, ça bouge, c'est musclé, c'est surtout l'aboutissement d'une longue enquête menée par ses collègues. Dans la voiture du Commandant, il ne peut s'empêcher de penser à Virginie, à son choix de ne pas partir dès le vendredi. Le fait qu'elle ne soit pas libre ce prochain vendredi l'intrigue, l'inquiète, le rend perplexe. Elle a encore un autre client, c'est sûr.

Il est en repos dès demain, vendredi matin, donc libre le soir, il en aura le cœur net. Il sait comment faire.

L'action des policiers se révèle positive, les arrestations se sont déroulées sans heurts, et certaines perquisitions se sont révélées fructueuses. Les principaux pourvoyeurs seront placés en garde à vue pendant quatre-vingt-seize heures. Ils seront interrogés en détail par les enquêteurs de la Brigade.

Bartoli félicite le Commandant et ses collègues pour cette réussite, en informe le Commissaire Divisionnaire en lui demandant de penser à des gratifications exceptionnelles pour l'excellent travail fourni par ces hommes et femmes, puis rejoint son bureau. Il est près de onze heures du matin, il n'y tient plus, il rappelle Virginie.

— Bonjour, mon amour, c'est moi. Je voulais tout simplement t'embrasser tendrement par téléphone, en attendant mieux.

— Je sais bien que c'est toi. Ta photo apparaît sur mon écran quand tu appelles, et il n'y a que toi qui as le droit de m'embrasser. Je te rends ton tendre baiser, par un baiser passionné.

— C'est gentil, j'ai hâte d'être samedi pour te prendre dans mes bras. Tu es sûre que tu ne peux pas vendredi ?

— Oui, je suis sûre, je ne peux pas, je me suis engagée. Moi aussi j'ai hâte d'être samedi matin.

— Je te propose encore de venir vivre chez moi. Ça me ferait un plaisir immense et ça te ferait gagner le prix de ton loyer, et la fatigue de tes « plonges ».

— Laisse-moi finir mon année, et début juillet on verra.

Renaud ne répond pas. Juillet est encore loin. Si un homme ose la toucher, il mourra. Elle est à lui, rien qu'à lui. Jamais, il n'avait ressenti une telle dévorante passion qui génère en lui, une jalousie excessive et même maladive. Vendredi soir, il saura ce qu'il doit faire.

— Tu es encore là ? s'inquiète Virginie.

— Oui, je te laisse, et vivement samedi.

******

Vendredi 29 mars. Il est dix-huit heures. Renaud est installé au bout de la rue Sainte-Barbe au volant du « sous-marin » de la Sûreté. Aucun service n'en avait le besoin ce soir, il a donc emprunté la Renault Kangoo sérigraphiée au nom de : l'Entreprise « Leroux – peinture déco ». « Tiens ! » pensa-t-il au moment de prendre le véhicule, « ils ont encore changé, auparavant c'était une entreprise de plomberie. ». De cette voiture, grâce aux vitres sans tain, il peut voir l'extérieur sans être vu. Il ne pouvait pas prendre de nouveau son Audi coupé, ou sa Peugeot 308 de fonction, sa chérie pourrait le repérer. La porte du petit immeuble est en vue. Il attend, mais cette fois sans radio, sans musique, ce véhicule n'est équipé que du matériel de radio professionnel. Peu importe, l'attente n'est pas longue. À dix-huit heures vingt, un taxi stationne devant la porte d'entrée du bâtiment. Sa belle en sort, grimpe dans le taxi qui démarre. Bien heureusement, le véhicule de Renaud est dans le même sens. Il entreprend aussitôt de suivre le taxi d'assez près.

La filature est difficile à cause de la densité de circulation du moment. Parfois, il croit avoir perdu sa trace, puis il la retrouve à un feu tricolore. Le chauffeur du taxi conduit avec habilité, il sait où on lui a dit de se rendre, et il connaît par cœur toutes les rues, avenues, et artères de l'agglomération Lilloise. Renaud s'oblige à prendre quelques risques pour rester en contact, avoir constamment cette voiture en vue. Il constate qu'ils quittent la commune de Lille en prenant l'Avenue de la République vers

Marcq-en-Barœul, puis vers le Golf des Flandres. Le conducteur du taxi s'arrête enfin dans l'Avenue de Verdun, et y dépose Virginie qui s'engouffre immédiatement dans une maison. Cette rue est bordée de maisons en briques cossues, un peu bourgeoises. Elles se ressemblent sans être identiques. Renaud stationne le « soum », du côté autorisé. Il n'a pu voir dans quelle maison s'est rendue Virginie. Il hésite entre trois ou quatre demeures, situées sur le côté droit de la rue. Il est dix-huit heures quarante, il attend de nouveau. Il planque de nouveau, en fait, comme s'il était sur une affaire. Il est encore sur une grosse affaire, la sienne.

******

Le docteur Michalak accueille Virginie avec un grand sourire. Elle est son réconfort, son petit plaisir. Les courts moments qu'il passe avec elle sont des instants exquis. Ludwyk Michalak ne se lasse pas d'admirer, de caresser le corps parfait de Virginie. Cette jeune femme dispose de l'anatomie dont rêvent toutes les femmes. Cette rencontre n'est pas fondée sur la pratique du sexe au sens basique, mais sur la contemplation.

Le docteur est en admiration de ce qu'il voit, de ce qu'il touche. Il n'est pas vraiment beau garçon. Plutôt petit, un peu trop maigre, les joues creuses, il n'est pas homme à pouvoir séduire les jolies femmes. Pendant ses études de médecine, puis lors de sa spécialisation en dermatologie, il a eu l'occasion d'avoir deux ou trois aventures amoureuses avec des étudiantes, mais elles étaient assez quelconques, et ne présentaient pas les formes enviées par un homme. Il avait finalement épousé une femme médecin, quelconque elle aussi, un peu comme lui, en fait.

Alors Virginie, quel que soit le prix, c'est un cadeau du ciel. C'est un peu son nirvana.

L'homme embrasse la jeune femme sur les joues et avant de lui demander de se déshabiller, de s'installer sur sa table d'auscultation. Il lui propose une coupe de champagne, et ils trinquent, puis discutent calmement. Le docteur, comme d'ordinaire, paraît un peu gêné, un peu comme si ce qu'il demandait à Virginie était anormal, un peu vicieux, maladif peut-être. Après un assez long moment, il s'excuse presque de lui demander de se mettre complètement nue. Elle avait anticipé sa demande comme pour le rassurer.

Michalak caresse les seins de Virginie alors qu'elle est encore debout. Même pieds nus, elle est plus grande que lui. Elle se laisse faire, sans faire le moindre geste. Il lui demande ensuite de s'allonger, et les caresses abondent, et parcourent son corps de la tête aux pieds. Le médecin est en extase, il parle, raconte ses émotions, soliloque, sans l'écoute de Virginie qui a déjà entendu toutes ses litanies. Il lui demande aussi de se mettre sur le ventre, et ainsi continue à explorer et se ravir de l'autre face. Il est resté habillé, ne demande pas de masturbation. Il est dans son délire mystique. Une petite heure se déroule ainsi, et à un moment, Virginie a failli s'endormir. Elle se rhabille enfin, puis accepte les trois-cents euros proposés par le médecin. Elle prend un air sérieux puis annonce :

— C'est la dernière fois que je viens, j'ai décidé d'arrêter de me vendre. Il est temps que je m'occupe de ma carrière, et puis maintenant je suis fiancée.

Ce disant, Virginie prend son mobile et appelle un taxi en communiquant l'adresse.

Michalak prend l'information avec une peine non dissimulée. Il paraît consterné, abattu. Elle va lui enlever son seul petit plaisir, son dérivatif le plus savoureux, il prend un air malheureux :

— Non, tu ne peux pas, j'ai besoin de toi. Je ne t'oblige à rien, on ne fait pas l'amour, je te respecte. Tiens… et lui tend une nouvelle liasse de billets de cent-cinquante euros.

Virginie repousse l'argent, mais le docteur enfonce cette somme dans le sac à main de son égérie et ajoute :

— Je te rappellerai, tu changeras peut-être d'avis, je l'espère vivement.

— Je ne crois pas. Ma décision est irrévocable. Si tu veux, je peux te donner les coordonnées d'une amie, elle est bien fichue.

— Pas la peine, c'est toi ou rien, tu reviendras, je le veux.

Virginie fait une bise sur les deux joues du docteur, le remercie pour sa gentillesse et sort. Elle attend le taxi qui ne tarde pas à l'embarquer pour un retour rue Sainte-Barbe.

******

Le temps lui paraît long, très long et pourtant sa belle apparaît à vingt heures. Elle attend au porche de la maison d'où elle est sortie. Cette fois, Renaud a bien repéré le bâtiment. Un taxi arrive, stationne devant le porche, et emporte Virginie, probablement pour un retour chez elle.

Le Commissaire sort de son véhicule de surveillance, et rejoint la maison concernée. Inutile de s'évertuer à lire le nom sur la boîte à lettres, trois plaques superposées, en marbre noir avec lettres argentées, figurent sur le mur à côté de la porte. L'une au nom de Françoise Vallois-Suez, orthophoniste, la seconde au nom de Ludwyk Michalak, dermatologue, et la troisième au nom de Sylvie Démaret, pédiatre. Renaud ne pense pas un instant que

Virginie soit allée si loin pour y rencontrer une femme, il s'intéressera exclusivement à ce médecin dermatologue.

De retour au service, il gagne son bureau et se jette sur internet. Ludwyk Michalak est dermatologue, diplômé des hôpitaux de Lille, et ne reçoit que sur rendez-vous, les lundis, mercredi, jeudi, et vendredi de neuf heures à douze heures et de quatorze heures à dix-sept heures trente.

Par acquit de conscience, il s'intéresse aussi aux deux autres médecins. Seule, le médecin pédiatre, Madame Démaret reçoit le vendredi après-midi jusqu'à dix-sept heures trente.

Virginie est arrivée à dix-huit heures quarante, ce n'était certainement pas pour un rendez-vous ordinaire. Renaud a compris. Ce docteur est une canaille, un salaud, il va payer ça très cher. Il lui promet un sort cruel, fatal.

Puis le Commissaire s'écroule sur son bureau, la tête entre ses avant-bras, et se met à pleurer par secousses. « Mais pourquoi fait-elle ça, pourquoi, pourquoi ? » et il tape nerveusement des deux mains sur le sous-main. Réalisant qu'il émet un bruit inquiétant qui pourrait alerter les policiers présents, il se décide à quitter le bureau, récupère son Audi et rentre chez lui, les yeux encore rougis, à la fois de chagrin et de colère.

Le lendemain matin, les deux amants se retrouvent au domicile de Virginie. Ils s'embrassent goulûment puis prennent la route en direction de la côte d'opale, vers la station balnéaire chic du Touquet-Paris-Plage. Renaud avait réservé une chambre d'hôtel pour deux nuits à l'hôtel Bristol. Cet hôtel classé 3 étoiles, situé à proximité de la plage, offre un décor luxueux qui a le don d'émerveiller Virginie. La chambre est spacieuse, parfaitement à son goût.

Indiscutablement, son amoureux ne s'est pas moqué d'elle. Il a fait pour le mieux, pour elle. Le week-end se déroule à merveille, partagé en promenades, restaurants, lèche-vitrine dans la rue Saint-Jean, et étreintes amoureuses. Les deux amants se découvrent des goûts communs, en art, en musique, en cinématographie. Seul le sport indiffère Virginie. En dehors de cela, ils aiment souvent les mêmes choses, ils adorent la nature, les animaux, et se promettent d'adopter un chien plus tard, s'ils se marient, et seulement s'ils se marient.

— Bien sûr, que l'on va se marier assure Renaud, j'ai pris les devants, j'ai déjà dit à mes parents et à ma sœur que j'allais bientôt me marier avec une femme merveilleuse, et ils ont hâte de te connaître.

— Oh mais tu vas vite. Tu sais, j'imagine que beaucoup de jolies femmes te courent après, alors je ne suis sûre de rien. Tu es bel homme, et tous les hommes sont naïfs et fragiles. Tout peut encore arriver. Mais, tu connais ma mère, elle t'apprécie déjà, et elle voudrait tant me caser enfin. Mais… c'est ma mère.

Pendant ce court séjour, Renaud n'a posé aucune question à Virginie sur sa soirée de vendredi. Bien qu'il en meure d'envie, il s'en abstient de peur d'indisposer sa chérie et de se faire rabrouer. Il envisage ça pour plus tard. Les tourtereaux rejoignent la capitale du Nord le lundi matin de bonne heure, s'accordent de nouveaux câlins, puis se séparent avec regrets, mais aussi, de prometteuses futures audacieuses caresses.

Renaud reprend contact avec son service, s'informe sur les diverses enquêtes en cours au sein des différentes brigades, puis s'entretient avec le commandant Gérard Bernier au sujet des deux crimes commis par étranglement. Il est intérieurement satisfait d'apprendre que l'enquête est au point mort, que le chef du crime ne dispose d'aucun élément de nature à la faire évoluer. Verbalement, s'adressant à son collègue avec hypocrisie, il le déplore et demande si ses instructions ont bien été appliquées dans le secteur de la rue d'Angleterre. Le commandant lui assure que les consignes ont bien été données et que plusieurs personnes ont déjà été contrôlées la nuit, dans le quartier concerné.

— J'en suis ravi, on va pouvoir enquêter discrètement sur ces gens-là. J'irai moi aussi, le soir et la nuit rôder dans le secteur, et ainsi renforcer le service. Je vis seul pour le moment, et ça m'occupera.

— Vous savez, ils font bien le boulot, mais s'ils savent que vous êtes dans le coin, ils le feront encore mieux.

Renaud Bartoli rejoint son bureau et s'attache à la lecture des procédures destinées à être transmises au Parquet. Il est content de lui, il pourra opérer tranquillement, en écoutant sur la radio de son véhicule de service, les positions des voitures de patrouille en surveillance. Cela va lui faciliter la tâche et lui permettre d'en finir avec ce salaud de dermato, dans un endroit tranquille.

Le soir même, il se rend avenue de Verdun à 17 h 30, et attend près de la porte de l'immeuble des médecins. Il patiente au volant de sa Peugeot 308 de fonction. À peine une demi-heure plus tard, il constate la sortie d'une femme, puis d'une autre, et enfin d'un petit homme assez maigre qui referme la porte à clef. Renaud présume qu'il est bien l'homme recherché.

Il entreprend de suivre le véhicule emprunté par l'individu : une Volvo blanche dont il relève l'immatriculation. L'homme ne va pas bien loin, il ne quitte pas la commune de Marcq-en-Barœul, et rentre sa voiture dans l'entrée d'un vaste et coquet pavillon de la rue des acacias.

Le numéro du pavillon est enregistré dans le cerveau du commissaire qui regagne son bureau, identifie le propriétaire de la Volvo : Monsieur Ludwyk Michalak, demeurant rue des acacias. Sans attendre, Bartoli se jette sur les pages jaunes, et à la rubrique dermatologues, y découvre bien le nom de Michalak, dont le cabinet est situé avenue de Verdun. Il n'y a pas le moindre doute, le commissaire a formellement identifié l'homme qui doit disparaître.

Plusieurs semaines se passent, Virginie et Renaud continuent de se voir tous les week-ends. Jusqu'à présent, Virginie ne s'est jamais dérobée aux heures fixées par son amant. Bien sûr, Michalak la relance régulièrement, mais elle est catégorique avec lui, et lui signifie chaque fois que c'est définitivement terminé. Son caractère ferme et résolu, pour pas dire obstiné, ne plie pas à l'écoute des apitoiements du dermatologue.

L'écrivain, Philippe Chanerval lui a fait savoir téléphoniquement qu'il aimerait beaucoup la recevoir au cours d'une semaine du mois d'avril, mais Virginie ne lui assure aucune certitude quant à sa venue. Elle pense qu'il faudra bien qu'elle s'y rende un jour, pour lui annoncer, à lui aussi, qu'elle met fin à leur relation perverse.

Nous sommes le samedi 21 avril 2008, rue Sainte-Barbe, dans le studio de Virginie. Il est onze heures du matin, les deux amoureux sont au lit, l'un contre l'autre, après une longue séance amoureuse. Ils se sentent bien, plaisantent un peu, rient même tout en se chatouillant.

Soudain, coupant court à leurs ébats, et en souriant, Renaud questionne sa maîtresse :

— Il faut que je trouve un ophtalmo, parfois je ne vois plus très bien. Et je tiens vraiment à toujours bien te dévorer des yeux. Connais-tu un ophtalmo ?

— Pas du tout. Je vois très bien. Désolée.

— Ah ! Bon. Il me faut aussi un dermato, j'ai une petite bricole dans le dos qui m'embête. Tu ne connais pas un bon dermato ?

— Pas du tout, je n'en ai jamais eu besoin. Montre-moi ça ?

— Bon laisse tomber, je chercherai dans les pages jaunes.

Renaud sait maintenant qu'il n'y a pas d'erreur sur la personne. Virginie ment effrontément. Michalak est bien l'homme qui profite des charmes de sa belle, son sort en est jeté.

Virginie insiste :

— Si, montre-moi, enfin ! Je veux voir cette horreur.

Renaud s'y résout et se met sur le ventre. Virginie explore le dos de son amant, longuement, puis s'exclame en riant.

— Mais, tu n'as rien du tout. Je n'ai rien décelé d'inquiétant, tu es parfait. Tu ne serais pas un peu hypocondriaque ?

— Ah, et bien je suis rassuré, voilà tout. Merci. Il me semblait pourtant que…

D'un coup, il se jette en riant sur Virginie, lui dévore le corps de la tête aux pieds, et finit pas se lever brutalement en signalant qu'il allait faire le café.

Il est assez content de lui. Il se doutait que c'était Michalak mais là, Virginie lui a ôté le dernier doute. Il va agir.

******

Nous sommes le vendredi 4 mai 2018, il est 17 h 20. La Peugeot 308 de Bartoli est stationnée à proximité de l'immeuble des trois médecins. Le Commissaire attend au volant de sa voiture, un œil sur la porte d'où il s'attend à voir sortir les praticiens. Il a bien compris à la suite de deux surveillances précédentes que c'est toujours le dermatologue qui sort le dernier, et qui referme la porte d'entrée à clef.

À 17 h 50 sortent les deux femmes, puis une autre. Renaud imagine que celle-ci est très certainement la secrétaire des trois toubibs. Dix minutes plus tard, il entrevoit la porte s'ouvrir de nouveau. Ganté de latex, le Commissaire surgit, repousse violemment l'homme qui s'apprêtait à sortir, puis claque la porte d'un coup de talon. Il tient Michalak par le cou, et lui ordonne de lui indiquer où se trouve son cabinet d'auscultation. L'homme proteste, tente de se défendre, mais sa lutte est vaine et inégale, la force déployée par Bartoli ruine tous ses efforts. Finalement, une clef ferme au bras du médecin le fait souffrir, et sous la douleur, le policier guide son agresseur jusqu'à son cabinet. Bartoli sort son pistolet Sig Sauer, braque le docteur et l'oblige à s'asseoir sur une des deux chaises placées devant son bureau. Le médecin constate que l'homme qu'il n'avait jamais vu de face et qui le menace avec un pistolet porte une cagoule et des gants de chirurgien. Abasourdi par cette sauvage agression et effrayé par sa situation, il finit par bredouiller :

— Mais, vous êtes fou ! Qu'est-ce que vous me voulez ?

— Raconte-moi plutôt ce que tu faisais avec Virginie ? Espèce de salaud.

— Je ne vois pas de qui vous parlez, je ne connais pas de Virg...

L'énergique et soudain coup de poing envoyé en pleine figure du médecin, fait que celui-ci bascule de sa chaise, en arrière. Le policier se met derrière lui, le redresse, puis le maintient sur le siège, le gifle ensuite à plusieurs reprises, avec hargne, toujours en le braquant de son arme pressée fortement sur sa tempe :

— Ne me prends pas pour une bille. Je t'ai posé une question. Réponds ?

Michalak saigne du nez. Quelques gouttes de sang aboutissent sur sa chemise. Il sort un mouchoir en papier de sa poche et le presse sur ses narines. Il comprend que cet homme a une attache avec Virginie, qu'il est méchant, violent et déterminé, qu'il est inutile de lui mentir.

D'une voix forte et autoritaire, le commissaire reprend :

— J'écoute, tu vas parler, ordure ?

Michalak, terrorisé, finit par raconter à son bourreau ses rendez-vous particuliers avec Virginie : Depuis deux ans, à raison à raison d'une fois par mois, et contre une somme de deux-cent-cinquante à trois-cents euros. Elle se mettait nue, et il se contentait de la regarder et de la caresser partout. Ils n'ont jamais couché ensemble, mais il lui était arrivé de se faire masturber, et c'est tout, rien de plus. Il aimait cela, car cette femme a un corps admirable. Il ajoute que ces relations sont terminées, Virginie en a elle-même mis un terme, et ne veut plus car elle est fiancée.

L'aveu formulé par le médecin n'adoucit pas le Commissaire. Il lui hurle à l'oreille qu'il est un pervers, une pourriture. Il sort ensuite une cordelette de sa poche, sans que le médecin s'en aperçoive, se met derrière lui et l'étrangle soudainement avec force. Le médecin gesticule, tente de desserrer le lien, mais ses doigts ne trouvent aucun espace pour s'y accrocher. L'étrangleur persiste plusieurs minutes avant de constater la mort de sa victime. Bartoli dénoue la cordelette et refait le nœud à la manière d'un gaucher. Il extrait ensuite le portefeuille du veston du mort, s'empare du trousseau de clefs, referme la porte du cabinet puis celle de l'immeuble en la verrouillant, puis rejoint son véhicule, non sans avoir vérifié auparavant, que personne ne pouvait le voir.

Bartoli sourit au volant de sa voiture. Il a réussi la première étape de son plan. Maintenant, il faudra attendre la nuit pour en exécuter la suite. Il a déjà son idée.

Il retourne au bureau, s'entretient avec le Commandant Bernier. Il est calme, semble déjà avoir oublié son odieux crime de cette fin d'après-midi. Il s'en surprend lui-même, s'étonne de ne ressentir aucune émotion. Le Commandant l'informe que les patrouilles se mettront en place dès 22 heures dans le quartier qui entoure la rue d'Angleterre. Le commissaire annonce à son collègue qu'il y sera lui aussi. En fait, ça l'arrange de se trouver entouré de patrouilles de police cette nuit. Rien n'est aussi invisible qu'un policier de son rang y soit mêlé, personne ne lui demandera quoi que ce soit.

Le portefeuille de sa victime a été placé dans la boîte à gants de la Peugeot, ainsi que le jeu de clefs. Les portières sont verrouillées, Bartoli en sourit sournoisement, les éléments de preuve du crime du dermatologue sont tout simplement sur le parking privé du Commissariat. Il trouve cela assez drôle.

La nuit est tombée, Bartoli se rend rue d'Angleterre, y rencontre tour à tour, les trois patrouilles des brigades anticriminalité dépêchées dans le secteur. Il se fait communiquer les indicatifs radio, et signale aux chefs de bord qu'il va commencer à tourner, lui aussi, et qu'ainsi, il pourra les contacter en cas de besoin.

Le jeune Commissaire justifie sa mission en contrôlant trois piétons dont il relève les noms et adresses. Il s'agit en fait de trois étudiants qui regagnaient à pied leur domicile partagé en colocation, après une soirée dans une discothèque du centre de la ville.

À quatre heures du matin, il quitte les lieux et retourne avenue du Verdun à Marcq-en-Barœul. La rue est déserte, aucune lumière n'est allumée aux fenêtres des maisons environnantes. Bartoli stationne son véhicule le plus près possible de la porte de l'immeuble des médecins et, muni des clefs, pénètre dans les lieux, puis rejoint le cabinet du médecin dermatologue. Le cadavre de sa victime gît au sol. Le sang a en partie coloré une partie de sa veste et de sa chemise. Un peu de ménage s'impose au Commissaire, qui remet un peu d'ordre, et notamment redresse la chaise bousculée. Il éponge ensuite le sang du nez de sa victime, et toujours ganté de latex, amène le corps jusqu'à la porte d'entrée. Il ouvre ensuite, et vérifie scrupuleusement que personne ne peut le voir. Le docteur est assez petit et mince, il pèse à peine les soixante-trois kilos, Bartoli n'a aucun mal à le déposer dans le coffre de sa voiture de fonction. Il revient ensuite sur ses pas, et referme la porte de l'immeuble à clef. Il retourne ensuite à Lille, et en route, croise une voiture de la B.A.C. Il est salué par le chauffeur qui a bien reconnu l'un de ses chefs. Le commissaire lui rend son salut par un geste amical. Il est tranquille, jamais personne ne pourra lui demander à lui, numéro trois de la Police Lilloise, d'ouvrir son coffre.

Arrivé dans la rue d'Angleterre, il signale aux trois patrouilles qu'il vient de contrôler trois personnes, et en même temps, s'informe sur leurs positions actuelles. Une patrouille est en surveillance place du Concert, une autre rue Comtesse, et la troisième rue Doudin. Ces informations le confortent dans son intention d'emprunter la ruelle Pharaon de Winter. Sur place, cette petite rue à sens unique comporte en plusieurs endroits, des grands bacs de poubelle déjà partiellement remplis. Bartoli s'arrête au niveau d'un bac placé dans un recoin, extrait aisément le cadavre du dermatologue, et le déverse à l'intérieur du récipient. Il balance le portefeuille du médecin sans même le consulter, ainsi que les clefs dans une bouche d'égout, puis redémarre aussitôt. Vers 5 heures 30 du matin, il annonce aux équipes de recherche qu'il cesse sa mission et regagne son domicile.

Il se met au lit très vite, et n'a aucun mal à s'endormir. Il n'éprouve absolument aucun sentiment de compassion, aucun regret. Il est plutôt satisfait de ses actes. Tout s'est déroulé comme prévu, sans incident, sans témoin. Il s'attend à un appel assez tôt au lever du jour.

En effet, la sonnerie de son téléphone portable ne tarde pas à se manifester, il est 8 heures 30, l'assassin n'a dormi que quelques heures. Le Chef de poste lui annonce la découverte d'un nouveau cadavre rue Pharaon de Winter, et l'informe que le Commandant, chef du crime, en est déjà avisé. Bartoli demande à son interlocuteur de lui situer précisément cette rue, comme s'il l'ignorait.

Il ingurgite un café, prend une douche rapide et entreprend de rejoindre sur place le commandant Gérard Bernier.

Une fois de plus, les services d'identité judiciaire ne parviennent pas à relever de traces papillaires ou génétiques. Le corps de l'homme découvert par le service de ramassage des ordures présente un coup à la face, et une strangulation faite par un gaucher. La ruelle est proche de la rue d'Angleterre mais les enquêteurs pensent que cet homme non encore identifié n'a pas été tué sur place. Le cadavre a été transporté et balancé dans la petite benne. Renaud qui écoute le témoignage du chauffeur du camion des éboueurs sourit en entendant cet homme évoquer la phrase « ramassage des ordures », c'est bien ce mot « ordure » qui convient au dermatologue. Il était donc bien à sa place.

Le corps est transporté à la morgue du centre hospitalier de Lille, aux fins d'autopsie.

Le commandant Bernier et le commissaire Bartoli s'y rendent, et assistent à la fouille des vêtements, ainsi qu'au déshabillage du mort. Ce premier examen, fait avant autopsie par le médecin légiste, est clair : cet homme est mort par une strangulation exécutée par un gaucher. Ce n'est pas le coup à la face qui a causé son décès, le coup devait être antérieur à l'étranglement. Dans une poche latérale du veston, le commandant découvre plusieurs cartes de visite au nom de : Ludwyk Michalak, médecin-dermatologue, avec l'adresse de son cabinet.

Munis de la photographie du mort, les enquêteurs se rendent avenue de Verdun et présentent le cliché aux docteurs Démaret Sylvie et Vallois-Suez Françoise. Celles-ci, consternées par cette macabre nouvelle, reconnaissent de façon formelle leur collègue. Elles détiennent chacune un jeu de clefs de la porte d'entrée, mais pas celle du cabinet du médecin assassiné. Il faut donc enfoncer cette porte ? Ce qui est fait avec un appareil de police dit « bélier » Les fonctionnaires de l'identité judiciaire procèdent alors à un examen détaillé de la pièce, mais n'y découvre que quelques gouttes de sang sur le parquet. Le sang est prélevé pour analyse. Cela laisse supposer que le médecin a été tué à cet endroit, d'autant plus que son véhicule Volvo est toujours fermé à clef, et stationné près de l'immeuble. La question qui se pose au Commandant est de comprendre pourquoi l'assassin a-t-il voulu déposer le corps de sa victime près de la rue d'Angleterre ?

Par un ratissage systématique, les hommes et les femmes de la brigade criminelle dirigée par le commandant Bernier, ont interrogé tous les riverains de l'avenue de Verdun et ceux de la ruelle Pharaon de Winter. Aucun témoignage n'a pu être recueilli. Une fois de plus, ce nouveau crime est une énigme pour l'équipe de Bernier. Ce dernier enrage de ne pas avancer dans ces affaires, d'autant plus que les médias se montrent de plus en plus curieux. Il est dorénavant évoqué à la une le titre : « L'étrangleur du vieux Lille ». Le commandant ainsi que le Commissaire divisionnaire, Jean-Marc Dernoncourt, commissaire central de Lille, mais aussi le Procureur de la République, sont harcelés par les journalistes. « L'étrangleur de Lille », titre, retenu par la presse écrite, parlée et audiovisuelle, fait la Une de tous les journaux.

Des spécialistes de l'étude des crimes : des criminologues, psychologues, mentalistes, sont invités dans les débats.

Trois morts, étranglés, découverts dans le même quartier, interpellent, et font place aux suppositions les plus fantaisistes. Quel est donc le rapport entre ces trois victimes qui exerçaient dans des métiers complètement différents, et qui ne se connaissaient apparemment pas ?

Pourtant, quelques jours après la découverte du cadavre de Michalak, le responsable du Rotary Club se rapproche téléphoniquement du commandant Bernier, et tente d'avoir des renseignements sur la mort de deux des membres du club.

L'officier ne peut donner de réponses claires en l'état de l'enquête, mais cette intervention lui a permis d'apprendre que Pavet et Michalak se connaissaient. La première victime : Jean-Philippe Clamens n'en était pas membre.

******

Chapitre 10

Kévin et Bachira profitèrent à volonté de l'argent extorqué au couple des infidèles. En réalité, Bachira n'a pas bien compris comment son compagnon avait pu glaner une telle somme, et celui-ci perdit patience à force de lui expliquer, ce qu'est un chantage. Peu importe, pendant une quinzaine de jours, Kévin fit une parenthèse et ne commit aucune exaction, aucun vol.

Séances de cinéma, dîners dans les restaurants, boissons dans les bars, jeux dans les parcs d'attractions payants situés autour de Lille, furent leurs loisirs au quotidien. Ils sortirent beaucoup en des endroits toujours choisis par l'homme, sans qu'il se préoccupe des envies de sa compagne. Les instants d'intimité sont toujours identiques, brefs, et sans amour. En près de deux semaines, la moitié de la somme indûment récoltée a été dépensée.

Ce soir, en cette fin du mois de mars, Le jeune couple est invité chez l'oncle Charles. Ce dernier fête son anniversaire. Léontine n'a plus besoin de béquilles, mais elle hésite toujours à poser franchement le pied blessé, et marche en claudiquant. L'oncle n'a toujours pas réussi à se débarrasser d'elle. Elle se trouve bien installée, et résiste aux reproches de plus en plus vifs de son concubin agacé.

À l'occasion de cette fête, Kévin apporte une bouteille de whisky à son oncle. Ce dernier a bien fait les choses, toasts garnis par lui-même, couscous commandé chez un traiteur, et gâteau d'anniversaire acheté chez un pâtissier. La bouteille de whisky est entamée, ainsi qu'une bouteille de champagne. Sur les ordres de Kévin qui n'a toujours pas confiance en son oncle, Bachira s'est vêtue d'un tee-shirt fantaisiste ras-de-cou, et d'un jean noir assez épais. Aucun décolleté audacieux n'a été autorisé par Kévin à sa compagne. Charles ne se prive pas pour autant, lorsque les deux autres ont le dos tourné, de mettre les mains aux fesses, et aux seins de Bachira qui n'en dit mot, et s'en trouve plutôt ravie. L'ambiance est gaie, moins alcoolisée que le soir de Noël, et malgré la musique, Léontine ne se risque pas à danser, non pas par manque d'envie, mais par la douleur qu'elle ressent toujours quelque peu au pied.

Sermonnée par Charles, elle évite en ce soir de fête de se saouler. Par contre, sans trop savoir pourquoi, elle se montre toujours peu amène avec Bachira qui tente pourtant de lui être agréable. Elle ne comprend pas la rancœur de Léontine, l'oncle aurait-il parlé ? Cela lui paraît impossible, alors pourquoi cette hostilité ?

Kévin intervient :

— Hé, les filles ! On dirait que vous vous faites la gueule, pourtant on rigole bien.

— Ben non, répond Bachira.

— Oh, ça va ! Charles sait très bien pourquoi, rétorque Léontine.

L'oncle sent que la suite risque de s'envenimer. Cette garce de Léontine a compris et pourtant il ne lui a rien dit. Il sait qu'elle avait trouvé une boucle d'oreille de Bachira à sa sortie de l'hôpital, mais il lui avait assuré que c'était pendant le chamboulement de l'intervention des secours. Seulement, c'est dans le lit conjugal, que Léontine désœuvrée, avait en fouillant la maison et surtout la chambre, découvert le bijou. Un sérieux doute l'avait envahi, car après ce réveillon mal terminé, Charles et Bachira s'étaient retrouvés seuls, alors qu'elle-même et Kévin étaient à l'hôpital. Kévin questionne son oncle :

— Ah ! Et tu dois savoir quoi… toi, tonton ?

— Rien du tout, elle radote. Et puis si elle n'est pas contente, elle prend ses cliques et ses claques et elle fout le camp d'ici. J'en ai marre de ses allusions idiotes… compris Léontine ? Fulmine l'oncle.

L'intéressée ne dit rien, baisse les yeux et plonge le nez dans son couscous. Elle sait qu'elle n'a plus son logement, qu'elle doit se soumettre afin de pouvoir rester ici, avec lui.

Kévin, pour sa part est perplexe, la réponse de son oncle n'est pas claire, on sent qu'il cache quelque chose, aurait-il couché avec sa Lolo ? il insiste durement :

— Ben quand même, elle ne fait pas la gueule à Bachira pour rien, tu nous caches quelque chose, tonton.

À ce moment-là, Léontine qui sent que la discussion peut tourner mal, et qui ne veut pas se retrouver dehors, rectifie sa position et calme le jeu :

— Non, Charles ne sait rien. Je n'ai aucune raison d'en vouloir à Bachira. Nous les femmes, des fois, on se jalouse pour rien. Elle a simplement de la chance de vivre avec un beau jeune homme comme toi.

— Ouais, ben si tu veux, tu vas t'en chercher un, il n'y a pas de problème, vu comme tu es devenue, ça risque de durer très longtemps. Tant mieux, ça me fera des vacances, ricane Charles, puis :

— Dis-moi Kévin, tu n'as toujours pas de boulot ?

Kévin ne s'attendait pas à cette volte-face soudaine. Il répond néanmoins qu'il est toujours inscrit à Pôle emploi, mais que l'on ne lui propose rien.

— Donc tu continues à voler… t'es fou. Tu n'auras jamais de retraite, jamais de droit au chômage, jamais de sécurité sociale en cas de maladie, pour toi comme pour Bachira. Vous ne pouvez pas continuer ainsi. Veux-tu que je t'aide à rentrer comme manutentionnaire dans ma boîte ?

— Ben oui, je veux bien. C'est dur comme boulot ?

La réponse de l'oncle est ferme.

— Bien sûr que c'est dur. Il faut des bras. Mais toi tu es jeune, il faut simplement faire son job sérieusement.

La soirée continue par la dégustation du gâteau et l'ouverture d'une nouvelle bouteille de champagne. Un peu avant minuit, Charles propose au couple de les raccompagner avec sa Clio. Le jeune couple est ainsi déposé devant la porte de leur vieil immeuble, où il peut regagner leur petit studio sous les toits.

À peine la porte poussée que Kévin balance une violente gifle au visage de Bachira.

La force est telle que la jeune femme tombe sur le lino. Elle met ses mains devant son visage pour se protéger, mais elle reçoit deux coups de pied fougueux dans les côtes. Bachira souffre, geint et ose articuler ;

— Qu'est-ce qui te prend, t'es fou ? Tu m'as fait mal.

Un nouveau coup de pied d'une extrême violence atteint le corps de Bachira au niveau des reins. Kévin hurle de rage.

— Vous me prenez pour un débile, toi et Charles, j'ai bien compris que Léontine t'en veut parce que vous avez couché ensemble. Je m'en doutais, maintenant j'en suis sûr, espèce de salope.

Bachira ne répond pas, elle est très mal, au bord de l'évanouissement. Elle tente de se traîner jusqu'au lit, mais Kévin la repousse du pied. Il maltraite sa victime de tous les noms : sale pute, charogne, saleté, grosse vache de merde, etc.

Bachira ne peut entendre toutes les atrocités vociférées par son compagnon, elle a perdu connaissance, et gît immobile au sol. Le nouveau coup de pied qui lui est adressé par Kévin ne provoque aucune réaction de sa part.

Kévin observe Bachira, elle ne bouge plus. Elle est inerte. Il pense qu'il a peut-être fait un peu trop fort, commence à s'inquiéter, ne sait que faire. Il se penche sur elle, tente de lui parler mais n'obtient aucune réaction. Il pose une oreille sur sa poitrine et constate qu'elle respire encore, puis que son pouls bat toujours. Ouf ! elle n'est pas morte.

Néanmoins, Kévin est inquiet, il se demande s'il ne doit pas appeler les secours : les pompiers, ou le SAMU. Il renonce vite à cette idée, il serait difficile de leur cacher que c'est lui qui a mis la jeune femme dans cet état. Leurs interventions amèneraient systématiquement une enquête de police. Il secoue légèrement Bachira, lui parle doucement, lui glisse un oreiller sous la tête, et entreprend de passer un gant de toilette imbibé d'eau froide sur son visage tuméfié. Quelques minutes se passent, et il peut se réjouir, Bachira ouvre les yeux. Son expression est étrange, elle donne l'impression de ne pas savoir où elle se trouve. Elle perçoit enfin le visage de son bourreau juste au-dessus d'elle, se relève en position assise, se masse les côtes et les reins et tout en pleurnichant s'écrie :

— Je veux m'en aller, je veux m'en aller.

Elle se lève comme pour prendre la porte mais Kévin l'en empêche, la retient par le bras, se colle à elle et jure :

— Reste avec moi Lolo, je ne le ferai plus, je te le promets. D'abord, tu irais où ? Allez, reste, je vais te chercher un grand verre d'eau avec un Doliprane.

— Non, je veux partir, tu es trop méchant, je vais retourner chez ma mère tout de suite, j'ai mal, très mal.

Kévin donne un tour de clef à la porte, verrouille avec un deuxième tour, et enfouit le trousseau dans sa poche. Bachira ne peut ouvrir. Prisonnière, elle se jette à plat ventre sur le lit et se met à pleurer à chaudes larmes. Kévin lui tend le comprimé et le verre d'eau mais s'oblige à patienter avant que sa compagne daigne se retourner pour absorber le cachet. Calmée, elle répète qu'elle souhaite quitter son ami, et que dès demain, elle rejoindra le domicile parental.

— Ton père et ta mère ne voudront pas de toi. Tu ne seras pas la bienvenue. Ils ne t'aiment pas en fait. Reste, je te dis que je ne te toucherai plus. Dis-moi seulement si tu as couché avec Charles ?

— Je t'ai déjà dit que non, ment Bachira, et après quelques sanglots :

— Et puis d'abord, t'as qu'à le lui demander à lui, et lui donner des coups. Hein ! Pourquoi moi ?

Kévin se dit qu'elle a peut-être raison. Seulement, il ne se voit pas en train de cogner son oncle. C'est un homme, et pas un gringalet. Et puis il les a dépannés plusieurs mois en acceptant de les loger, il faut donc se résoudre à ne plus évoquer une possible aventure entre lui et Lolo.

— Bon, on n'en parle plus, je te crois. On va boire une bonne bière annonce Kévin, tout en déposant un baiser sur le front de sa compagne.

Cette dernière accepte la canette mais menace son ami, en lui affirmant que s'il la frappe de nouveau, elle irait directement à la police. Après avoir ingurgité sa boisson, Bachira tourne le dos à Kévin, se met en position « chien de fusil » et s'endort profondément, sans avoir ôté ses vêtements.

Pendant les jours qui suivirent, Kévin se montra plutôt gentil avec Bachira. Cette dernière, toujours naïve, pensait bêtement que dorénavant elle serait mieux traitée par son compagnon. Les sorties coûteuses reprirent abondamment. Le pécule de Kévin commença à se réduire de façon sensible.

À la fin du mois de mars, Charles Duroi appelle son neveu et lui annonce avoir déposé son CV au Directeur des ressources Humaines de son magasin, que Kévin sera embauché à l'essai sous forme d'un CDD, le premier septembre prochain. Il faut remplacer un manutentionnaire qui part à la retraite fin août. Kévin remercie son oncle, mais se dit que d'ici au mois de septembre, il faudra encore trouver de l'argent par tous les moyens, et en ce qui le concerne, les seuls moyens qu'il connaît sont exclusivement crapuleux. Il annonce la nouvelle à Bachira :

— Charles m'a dit que je serai embauché en septembre. On va bientôt pouvoir vivre normalement et louer un logement plus grand. Il va bien falloir que je me range un jour.

— Oh, chouette, je chercherai du travail moi aussi. Je peux faire des ménages.

Kévin regarde autour de lui, jauge l'état du petit studio en désordre, et plutôt sale, pense qu'en vérité, même ça, elle ne pourrait pas le faire.

— On verra bien Lolo. En attendant septembre, il faut gagner du fric, on n'en a plus beaucoup. Il faudra que tu viennes avec moi de nouveau. À deux, c'est plus facile.

Cette annonce n'enchante pas Bachira. Elle était tranquille en l'attendant. Elle pouvait sortir en ville, regarder des séries à la télé. Elle ne répond pas, et à contrecœur, se contente d'un léger coup de mention approbateur.

******

Chapitre 11

Sandra, l'une des trois secrétaires du chef de la Sûreté, accueille son chef avec un bonjour chaleureux. Bartoli se réjouit de pouvoir travailler dans une bonne ambiance, avec un personnel de qualité, et surtout un secrétariat composé de deux femmes d'expérience, affables de surcroît. Elle lui annonce que le Commissaire Central souhaite le rencontrer au plus vite. Il est à peine huit heures. Le jeune Commissaire s'étonne, car en principe, le briefing se déroule à neuf heures avec la présence des différents chefs de service. Pourquoi une telle urgence ? Certes, les trois crimes non résolus préoccupent le Divisionnaire, mais ils en ont parlé hier, et depuis, rien de nouveau à annoncer. Renaud Bartoli se rend dans le bureau du patron.

— Ah ! Renaud, assieds-toi donc, invite Dernoncourt, le boss.

— Je ne peux pas assister au briefing ce matin, j'ai rendez-vous avec le Préfet. Je t'ai inscrit à un stage d'une semaine du 28 mai au 2 juin. Il concerne les chefs de sûreté des principales villes de France. Voilà ! Tu vas donc retrouver l'école de Saint-Cyr-au-Mont-d'Or, que tu connais bien. Pour toi, c'est encore récent.

— Bien, pas de problème, mais c'est dans trois semaines, j'ai largement le temps de m'y préparer et de m'arranger avec d'autres stagiaires, pour un convoi commun… C'est tout ?

174

— Oui, je pense qu'il est important que tu le saches au plus vite, au cas où tu aurais fait des projets.

— Merci, et bon courage avec le Préfet.

Ce vendredi soir 11 mai, comme chaque week-end, Renaud rejoint Virginie. Une nouvelle sortie en amoureux est au programme.

Virginie avait appris qu'une nouvelle personne avait été étranglée dans le vieux Lille, mais jamais Renaud ne lui avait révélé l'identité de la victime. Absorbée par ses révisions, la jeune femme ne s'était pas beaucoup intéressée aux informations locales et nationales. Renaud était resté très évasif au sujet de ce nouveau meurtre, signalant tout simplement que le tueur en séries avait encore sévi. Quant à Virginie, l'absence d'appels de Michalak était normale. Finalement, il avait accepté la rupture, et nul doute qu'il s'était trouvé une nouvelle déesse à contempler.

Pour mettre définitivement fin à son activité inavouable, il faut aussi cesser toute relation avec son dernier mécène : l'écrivain.

Philippe Chanerval l'a appelée à plusieurs reprises mais jusqu'à présent, Virginie a toujours trouvé des excuses pour éviter de le rencontrer à son domicile. Il faudra bien pourtant qu'elle l'affronte pour lui faire part de sa décision. Une rupture ne se fait pas par téléphone ou SMS, elle pense que cette méthode serait pour le moins discourtoise, compte tenu du commerce si particulier entretenu avec lui, depuis presque deux ans.

Les amoureux débutent la soirée par un dîner aux chandelles dans un bon restaurant du centre de Lille, ils se rendent dans leur discothèque habituelle. Ils se trémoussent sur la piste, et se volent des baisers tout en tournoyant. La gaîté est présente, dopée par les coupes de champagne qui leur ont été servies à leur table, et dont ils ne se sont pas privés.

D'un coup, une voix de femme les interpelle :

— Coucou, les amoureux, vous vous amusez bien à ce que je voie.

Alexandra s'approche d'eux, les embrasse et les invite à sa table qu'elle partage avec deux amies, dont Julie, et deux hommes qui semblent avoir largement dépassé la cinquantaine. Renaud et Virginie se regardent, semblent hésiter mais Alexandra insiste :

— Soyez pas bégueules, on est entre amis, et ce sont mes potes qui régalent, allez, venez.

Un groupe se forme, les présentations se font, les discussions sont animées, les rires sont bruyants, ils sont parfois forcés par Renaud qui n'apprécie guère de trinquer avec deux hommes, dont la situation lui paraît pour le moins peu reluisante. Des gens qui annoncent bosser dans l'import-export, il a déjà entendu ça. Les billets qu'ils allongent avec facilité au barman confortent l'impression du Commissaire. Ces gens-là exercent probablement une activité illégale.

À un instant où il se trouve sur la piste avec son amoureuse, il lui confie qu'il ne souhaite pas prolonger la soirée ici, et qu'ils vont incessamment quitter l'endroit. Virginie qui comprend son embarras approuve, et c'est en rejoignant la table que Bartoli salue les occupants et leur signale qu'ils quittent la boîte de nuit.

— Ah ! Monsieur le Commissaire part toujours au mauvais moment. Il s'enfuit alors que tout s'annonçait bien, au moment où on allait bien s'amuser. C'est vraiment une manie. Alors bonne fin de nuit à vous deux... enfin s'il reste avec toi, Virginie, s'exclame Julie.

Renaud ne répond pas, il prend Virginie par la main et tous deux retournent dans le studio de la rue Sainte-Barbe. Ils s'empressent de se mettre nus et d'engager des ébats amoureux. Après cette séance aux plaisirs partagés, Virginie interroge son compagnon :

— Qu'est-ce qu'elle a voulu dire, cette Julie ? « Tu t'enfuis, c'est vraiment une manie » De quoi parlait-elle ? J'avoue ne pas comprendre.

Renaud ne répond pas, il entreprend d'enlacer de nouveau sa bien-aimée, caresse son corps, et engage ses mains dans les endroits les plus secrets, mais elle insiste :

— Dis-moi ? Elle n'a pas dit pas ça pour rien… Alors ?

— Et bien, le soir de l'anniversaire de Julie auquel tu n'as pu aller, car tu faisais la « plonge » dans un restaurant, n'est-ce pas ? Je m'ennuyais beaucoup sans toi, et suis allé rejoindre Alexandra et Julie à cette soirée. À un moment où ça tournait presque à la partouze, les deux filles se sont mises à poil, et voulaient que l'on baise à trois. Je n'ai pas voulu, je pensais surtout à toi, au sale boulot que tu devais te taper dans le même moment dans ce resto. Je les ai laissées toutes les deux et suis parti. Je me suis enfui, je me suis défilé, c'est vrai, voilà, c'est tout. Ce n'est pas vraiment important.

Virginie s'étonne, il lui avait pourtant affirmé qu'il n'irait pas à cette soirée sans elle.

— Tu ne m'en as jamais parlé. Finalement, tu ne me dis pas tout.

— Tu m'avais abandonné. Je m'ennuyais, je te dis. Et puis tu as raison. On ne se dit pas tout… pas vrai ?

Personne n'insiste et les amoureux finissent par s'endormir après un long échange de baisers.

Le lendemain matin, en prenant un petit-déjeuner éclair, Renaud rejoint le commissariat afin de prendre connaissance de l'activité en cours. À table, il annonce à Virginie qu'il sera absent durant la semaine du 28 mai au 2 juin, car il doit suivre un stage de mise à niveau, dans une école de formation, près de Lyon.

******

C'est la troisième fois que Philippe Chanerval tente de contacter Virginie, celle-ci ne répond jamais, ni à ses deux appels, ni à un texto qu'elle s'empresse d'effacer. Aujourd'hui, jeudi 24 mai, il appelle de nouveau. Virginie pense qu'il va falloir tout de même lui annoncer que c'en est terminé de leur relation, et elle finit par prendre la communication.

— Ah ! Quand même, il est difficile de t'avoir au téléphone. Tu me manques beaucoup, tu sais. Ça fait longtemps que tu n'es pas venue me voir, exprime l'écrivain.

— Oui, eh bien bonjour quand même. Je suis très prise, et très occupée en ce moment…

Chavernal la coupe :

— Bien sûr, bonjour, je ne suis pas très poli. Tu es très occupée, ou… très prise… en mains ?

— Occupée par mes études. Effectivement, tu n'es pas très poli. Tu veux me voir, c'est ça ?

— Oui, j'en ai fort envie. Ma femme s'en va voir sa mère à Amiens le dimanche 27 mai et ne revient que mardi 29, on pourrait se voir lundi, le 28, qu'en penses-tu ? Tu vois, je m'y prends longtemps à l'avance, je te réserve en quelque sorte.

Virginie ne répond pas, elle réfléchit. De toute manière, il faudra bien qu'elle le rencontre pour lui signifier la fin de leurs rapports intimes particuliers. L'occasion se présente, ce sera donc ce jour-là. De plus, puisque Renaud ne sera pas là. Elle sera donc tout à fait disponible.

— Bien, d'accord, je serai là lundi en tout début d'après-midi. J'ai aussi des choses à te dire. À lundi 28 donc…

— Des choses à me dire ? Mais quoi ? S'étonne Chanerval.

— Lundi 28, tu sauras. À bientôt. Virginie coupe son portable.

Elle a hâte d'en finir aussi avec lui. Pavet est mort, Michalak a compris, et ne l'appelle plus jamais, reste donc l'écrivain. Après tout, pourquoi ne pas lui prendre encore un peu d'argent ? Elle a repéré un beau sac à main d'une grande marque, en cuir naturel, mais cher, très cher même. Elle en est emballée, et comme pour les vêtements ou chaussures, elle a beaucoup de mal à se résigner. Une toute dernière compromission avec Philippe, et le sac tant convoité sera pour elle.

******

Marina Chanerval se promène dans les rues d'Amiens. Le printemps s'est enfin installé, la température est douce. Elle aime errer sans but, dans les rues de cette ville. C'est une bonne marcheuse, et elle n'hésite pas à parcourir des kilomètres pour venir de la maison de sa mère, rue du Parapet, au centre de la cité picarde. Elle n'a de cesse de retourner une fois encore à la cathédrale, monument qu'elle connaît pourtant par cœur. Chaque fois, elle y allume religieusement une bougie au niveau de la vierge à l'enfant. Elle n'est pas particulièrement croyante, ne va jamais à la messe, et en fait ne cherche pas vraiment une explication au fait religieux.

C'est ainsi, elle a été élevée comme ça. En réalité, elle est surtout séduite par la beauté de l'art religieux, davantage que par ce qu'il veut exprimer.

C'est aussi dans la rue des trois cailloux, rue qu'elle avait arpentée très souvent pendant sa jeunesse, qu'elle flâne de nouveau, le nez quelquefois planté sur les vitrines des nombreux magasins de mode qui offrent aux regards, les nouveautés de cette nouvelle saison. Marina pénètre dans l'un d'entre eux : une bijouterie ; et choisit un joli bracelet d'homme en argent massif, de marque.

En juin, ce sera l'anniversaire de Philippe, le cadeau est tout trouvé. Elle ne se contente pas de cet achat, elle s'octroie une paire de boucles d'oreilles en argent, sous forme de pendentif. Elle juge le coût de l'ensemble un peu onéreux, mais tant pis. Pour les boucles, c'est un coup de cœur, et pour le bracelet, ça lui enlève de la tête, l'embarras de s'obliger à chercher une autre idée. Les paquets sont enfournés au fond de son sac à main, puis Marina poursuit son lèche-vitrines, mais uniquement avec les yeux cette fois. Elle traîne ensuite du côté des hortillonnages, situés à quelques centaines de mètres de la cathédrale, observe les futurs touristes, bientôt embarqués pour un périple sur les divers canaux. Elle connaît parfaitement les circuits dont les abords ont été embellis par de nouveaux végétaux, d'année en année, et sait que ce sera un enchantement pour ces visiteurs.

Marina aime cette ville, la cité de son enfance, de sa jeunesse. Elle se sent obligée de rendre visite à sa mère régulièrement, mais sait très bien qu'une certaine nostalgie d'antan conforte ce qu'elle pense être un devoir.

Nous sommes le samedi 27 mai et Marina avait prévu de rester chez sa maman jusqu'au mardi 29. Elle vient d'apprendre que son frère arriverait dès ce dimanche, avec son épouse et ses deux enfants. Il est rare qu'ils viennent passer quelques jours chez la maman. Certes, Marina sera contente de revoir son frère et sa famille, mais cela risque de poser un problème de couchage. De ce fait, elle entrevoit d'écourter son séjour à Amiens, et sans doute de repartir le lundi 28.

******

Comme promis, ce lundi 28 mai, Virginie se rend chez Chanerval. Celui-ci et son épouse sont propriétaires d'un spacieux appartement doté d'un grand balcon, au deuxième étage d'un immeuble cossu donnant sur la place Sébastopol. C'est à pied qu'elle rejoint le domicile de son client. Chemin faisant, elle hésite encore. Doit-elle se donner une toute dernière fois, ou lui annoncer d'emblée que leur relation est définitivement terminée ? Sa vénalité l'emporte, l'envie du sac à main de marque clôt le débat dans sa tête. Après tout, une fois de plus ou pas, ça ne changera pas grand-chose, l'essentiel est que plus jamais elle ne vendra son corps pour de l'argent. Depuis qu'elle a rencontré Renaud, cela lui est moralement difficile, et incorrect de continuer à le tromper, même si elle n'a jamais éprouvé le moindre sentiment pour aucun de ses trois clients.

Chanerval l'accueille en se montrant exagérément aimable. Il lui fait part de sa joie, de son bonheur de la revoir enfin. Il tente un baiser sur les lèvres de Virginie mais celle-ci détourne son visage, et le baiser échoue lamentablement sur la joue de la jeune femme. Virginie n'a jamais accepté d'embrasser ses généreux mécènes, c'est un principe incontournable, elle n'embrasse que si elle aime.

Il est presque 14 heures, ce qui n'empêche pas l'écrivain de déboucher une bouteille de champagne et de tendre une coupe à son invitée. Cette dernière se dit tout d'abord un peu surprise, vu l'heure, mais accepte le verre qui lui a été tendu. Quelques propos sont échangés. Virginie évoque ses études, Philippe, son incapacité à écrire son prochain roman. Il prétend compter sur elle pour lui prodiguer de l'inspiration. Quelques instants plus tard, Chanerval lui montre le petit carton qu'il a extirpé de son faux plafond, et invite Virginie à se vêtir des sous-vêtements érotiques qu'il a lui-même choisis. Bien que trouvant cette lingerie de très mauvais goût : Un ensemble banal, de couleur rouge avec de la dentelle noire, elle se résigne à enfiler les bas noirs, le porte-jarretelles, le soutien-gorge en grande partie transparent, et la culotte qui comporte une ouverture, là où il faut. Après tout, le client paie, il a tous les droits.

Accoutrée ainsi, elle rejoint Chanerval sur le canapé, et ce dernier entreprend de multiples caresses en privilégiant les seins qu'il s'emploie à dégager du soutien-gorge, et le sexe par l'ouverture prévue dans la culotte. Virginie reste impassible, elle le laisse faire et ne fait pour sa part, aucun geste pour exciter son partenaire. Il n'en est nul besoin, l'écrivain semble sexuellement déchaîné. Il s'efforce de la chevaucher, puis s'active tout en haletant, par des va-et-vient accélérés. La femme, soumise, ne participe pas à ses réjouissances, regarde le plafond de manière évasive, en espérant que ce rapport soit bref, quand tout à coup, la sonnerie du portable de l'homme posé sur la table basse, retentit. Chanerval ne quitte pas sa partenaire, en continuant de la chevaucher, il tend le bras et s'empare de l'appareil, lit le prénom de son éditeur sur l'écran :

— Oui, Serge ?

— Bonjour, bon soyons précis, où en es-tu de ton roman ?

— Mais j'y travaille, je suis dessus en ce moment, ça vient, ça vient.

Cette phrase déclenche une moue de dédain sur la bouche de Virginie qui ne semble pas apprécier la formule employée.

— Il me le faut pour dans quinze jours au plus tard, OK ?

— Oui, bien sûr, je te rappelle demain, on m'appelle par ailleurs.

En effet, son appareil lui signale qu'un autre appel est en cours, il appuie sur la touche digitale « répondre » et réalise à la voix que c'est son épouse. Il met un doigt sur les lèvres de Virginie pour lui ordonner de garder le silence, et de n'émettre aucun son. Cette dernière lève les yeux au ciel, comme pour lui faire comprendre qu'elle n'avait ni l'intention de parler, encore moins de gémir de plaisir.

— Ah, c'est toi ? interroge Philippe.

— Oui. Je rentre plus tôt que prévu. Mon frère est arrivé avec sa famille, il faut donc je leur fasse de la place.

— Très bien, et où es-tu là ?

— Sur l'aire d'autoroute de Wancourt, près d'Arras, je serai là dans une bonne heure. Et ton manuscrit, ça avance ? Il faut rassurer Serge.

— J'y suis, je fais ce que je peux. À tout à l'heure.

Chanerval informe Virginie du retour inattendu de son épouse. Elle qui avait tout entendu, s'apprête à quitter le canapé, mais Chanerval la retient, il veut finir à tout prix. Il fait son affaire en quelques minutes, puis laisse sa partenaire se revêtir. Pendant qu'elle se rhabille, elle lui annonce qu'elle ne viendra plus, qu'elle cesse son activité de prostituée, qu'elle est amoureuse, et que sa décision est ferme et résolue.

L'écrivain s'en trouve désolé, il affirme qu'il l'appellera encore, au cas où elle changerait d'avis, et lui glisse une liasse de six billets de cinquante euros. Il s'empresse ensuite de replacer la boîte de lingerie dans sa cachette et propose un café à Virginie, espérant peut-être lui faire changer d'avis.

— Nous avons encore un peu de temps, elle ne sera pas là avant un peu plus d'une heure. Elle a pris la DS 3, et conduit sans jamais dépasser les cent kilomètres-heure, et en ce moment, il y a sûrement des bouchons sur l'autoroute.

— Bon, et bien d'accord pour un petit café.

Le couple discute, Chanerval tente de convaincre Virginie, lui assure qu'il fera encore davantage sur le plan financier.

Juste avant que Virginie ne quitte les lieux, la sonnerie du téléphone fixe se manifeste à trois reprises, mais Philippe l'ignore, et ne daigne même pas s'approcher du cadran pour y lire le nom de l'appelant. Il retient encore un peu plus Virginie en lui proposant un nouveau café, ce qu'elle accepte en affirmant qu'elle ne tient pas à croiser Madame, elle quittera donc l'appartement dans moins de dix minutes.

******

Madame Chanerval est entrée prendre un café dans la boutique de l'aire de repos de Wancourt. Elle en profite pour se soulager aux toilettes, puis regagne sa voiture stationnée une centaine de mètres plus loin, sur le parking des visiteurs. Elle prend place dans sa DS 3 Crossback, de couleur grise, et pose son sac à main sur le siège du passager.

Brusquement, un individu ouvre la portière, il braque Marina d'une arme de poing, et l'invite d'une voix forte et autoritaire, à descendre de son véhicule. Cet homme d'une bonne vingtaine d'années dissimule le bas de son visage avec un masque de protection respiratoire, et porte des gants en caoutchouc. Elle perçoit une cicatrice, apparemment récente, sur la joue droite de son agresseur. Après une courte hésitation, Marina porte la main à la clef du contact, pour tenter de démarrer brutalement sa voiture. L'opération est délicate et pas suffisamment rapide. L'homme l'attrape vivement par le bras gauche et la tire violemment jusqu'à la faire chuter au sol. Marina roule par terre, et se tient le poignet gauche endolori par le choc. Le voleur monte rapidement dans la voiture, fait une marche arrière, et se dirige rapidement vers la sortie de l'autoroute. Marina s'aperçoit qu'après une centaine de mètres, ce bandit prend en charge une très jeune femme brune.

Elle se relève, se masse le poignet douloureux, constate qu'elle saigne un peu au niveau de l'ongle de son pouce, qui a été partiellement arraché, et que ses vêtements ont été salis par de la terre. Elle retourne à la boutique, raconte à la caissière la violente agression dont elle vient d'être victime. L'employée, bouleversée par l'état de son interlocutrice, lui demande de patienter quelques secondes.

Elle appelle aussitôt un responsable, lequel apparaît quelques minutes plus tard. Il se fait expliquer l'affaire sommairement, puis entraîne Marina dans un petit bureau. De là, il compose le 17 et obtient la gendarmerie. Il lui est assuré qu'une patrouille proche se rend sur place, au plus vite. En attendant, un pansement rudimentaire est appliqué sur la main meurtrie de Madame Chanerval qui refuse d'être conduite aux urgences. Aux gendarmes, elle raconte son agression mais se montre incapable de donner le numéro d'immatriculation de sa voiture. Elle ne l'a jamais mémorisé. Sa plainte est enregistrée, et en même temps une diffusion est faite à toutes les patrouilles, de la DS crossback de couleur grise, occupée par un jeune couple, dont l'homme présente une cicatrice à la joue droite.

Pendant ce temps, le responsable de la station retourne dans la boutique, discute avec quelques habitués, puis amène un agent commercial Lillois dans le bureau. Celui-ci, qui s'apprête à rejoindre la préfecture du Nord, propose avec gentillesse de ramener la dame à son domicile, et même directement place Sébastopol. Marina, toujours en état de choc, est tout de même soulagée, dans une heure elle sera chez elle.

******

Kévin est plutôt content du comportement du véhicule qu'il vient de dérober. Elle est confortable, et facile à manipuler. Bachira détient le sac à main sur ses genoux. Elle reproche à son ami sa brutalité envers cette dame. De loin, elle l'avait bien aperçu en train de l'éjecter sauvagement de la voiture. Kévin ricane bêtement et signale à sa passagère qu'il n'en a « rien à foutre ».

Ils sortent au dernier péage payant, puis reprennent l'autoroute vers Lille. Avant de rejoindre la ville, Kévin décide de faire une halte sur l'aire de repos de Phalempin. Il s'arrête sur une place de parking assez éloignée des bâtiments, et demande à Bachira de lui passer le sac à main. Il y découvre la somme de quatre-vingt-dix euros, le téléphone portable, les papiers de sa victime, un trousseau de clefs, un paquet cadeau, et un sachet avec l'inscription d'une bijouterie d'Amiens contenant des boucles d'oreille. Il s'empresse d'ouvrir le paquet cadeau, y découvre un joli bracelet d'homme dont il s'accapare en l'ajustant à son poignet. Il offre les pendentifs en argent à Bachira et lui propose de les porter. Bachira s'affaire à introduire les crochets dans les orifices de ses oreilles, puis s'admire au miroir du passager, contente de cette acquisition pourtant malhonnête.

Kévin a trouvé l'adresse de la dame place Sébastopol, endroit qu'il connaît très bien, et dispose des clefs Une idée germe rapidement dans la tête du délinquant. Ils vont se précipiter chez elle, et procéder à un rapide cambriolage de son logement. En moins de dix minutes, le tour sera joué.

Nous sommes au mois de mai, et sa promesse d'embauche au grand magasin n'est qu'en septembre. Ils ont déjà dépensé une grande partie de l'argent extorqué lors du chantage exercé par Kévin, il faut donc continuer à vivre, et payer le loyer. Les quatre-vingt-dix euros sont très insuffisants, ce cambriolage pourra sans doute améliorer leur quotidien.

Arrivés sur la place Sébastopol, Kévin préfère s'assurer que personne n'occupe l'appartement. Il appelle à trois reprises le téléphone fixe de l'appartement, sonne longtemps jusqu'à recevoir la messagerie. Aucune réponse aux trois appels. Il n'y a personne, c'est sûr, alors c'est décidé, ils peuvent y aller, Kévin et Bachira ouvrent la porte d'entrée commune et se rendent au deuxième étage de l'immeuble.

******

Virginie s'apprête à quitter Chanerval. Ce dernier tente de la convaincre de poursuivre leurs rencontres, mais ses prières demeurent vaines. La demoiselle lui affirme que c'est une décision ferme, et résolument définitive. Elle est amoureuse, et ne se donnera dorénavant exclusivement qu'à l'homme qu'elle aime. Elle s'empare de son sac à main, et s'approche de la porte de sortie de l'appartement. Elle a un soudain recul, elle vient d'entendre le bruit d'une clef qui actionne la serrure. Aïe ! pense-t-elle, ce doit être l'épouse de l'écrivain. Que dire ? que faire ? De son côté, Philippe Chanerval a lui aussi entendu le même son dans la serrure.

La porte est délicatement ouverte, un couple pénètre dans le logement.

Étonnés d'y trouver des occupants, L'homme et la femme sont un court moment interloqués.

Kévin reprend vite ses esprits, et réalise vite qu'il faut agir vite face cette situation inattendue. Il sort instantanément son pistolet Glock, et braque tout d'abord l'homme, puis la femme, et leur donne l'ordre de s'asseoir sur le canapé. Son ton est résolu, brutal et sans équivoque. Virginie et Philippe Chanerval comprennent qu'ils ont affaire à un véritable voyou. Ils sortent vite de leur torpeur, vite remplacée par la peur. L'homme paraît vraiment dangereux. Il est assez jeune et ne cache pas un réel énervement. La femme est encore plus jeune. Elle n'a prononcé aucun mot et se tient toujours derrière son complice.

— Je suis désolé mais je pensais qu'il n'y avait personne. Alors, faites ce que je vous dis et tout ira bien, sinon…

Puis se tournant vers Bachira :

— Prends deux chaises près de la table là-bas, et attache-les.

Bachira obéit mais ne sait comment attacher cet homme et cette femme. La voyant hésitante, Kévin lui désigne les cordons des doubles rideaux des deux fenêtres du logement.

— Tu les attaches les mains derrière le dossier, et les chevilles aux pieds de chaise, et serre fort… très fort… compris.

Bachira exécute les ordres. Effrayés par l'arme braquée sur eux, Chanerval et Virginie n'osent opérer aucune résistance. Ils sont poings et pieds liés, chacun sur une chaise.

Kévin et Bachira fouillent les meubles. Bachira découvre une somme de trois-cent-quarante-deux euros dans le sac à main de Virginie, somme qu'elle exhibe fièrement à son compagnon, lequel enfouit l'argent dans la poche intérieure de son blouson. Dans le tiroir d'une commode, il découvre le portefeuille de monsieur et a le bonheur d'y prélever une somme de cent-cinquante euros, ainsi que sa carte bancaire. Il fait part de sa découverte à haute voix. Virginie, femme toujours avide d'argent, pense que pour une dernière fois, Chanerval aurait pu lui donner davantage. Sa pensée est vite interrompue quand elle reprend conscience de la très mauvaise situation dans laquelle elle se trouve.

Après s'être approprié cette nouvelle somme, Kévin se met à observer Virginie ficelée sur la chaise. Il constate que cette jeune femme est d'une étonnante beauté. Il s'approche d'elle, commence à lui caresser le visage avec le canon de son arme, puis l'introduit dans l'échancrure de son chemisier. L'écartant ainsi davantage, il se réjouit d'apercevoir la naissance des seins de sa victime. Virginie proteste avec fermeté en ruant sur sa chaise :

— Laissez-moi, vous êtes un malade.

Cette phrase a pour effet de mettre son agresseur en colère, il lui adresse une violente gifle et continue ses explorations. Se tournant vers l'écrivain :

— Elle est vachement bien ta fille, elle est super bien roulée.

— Laissez là tranquille, et puis partez. Vous avez ce que vous voulez et puis ce n'est pas ma f...

Kévin balance deux gifles simultanées à Chanerval qui, par leurs sauvageries, le font basculer de sa chaise. Kévin enjambe ensuite Virginie, se met face à elle assis sur ses genoux, et s'attaque à son chemisier en tentant de le déboutonner. Gêné par son pistolet qui l'empêche de manœuvrer à sa guise, il tend l'arme vers Bachira :

— Tiens, prends ça, et braque le type. Tu lui demandes son numéro de code bancaire, il y a un distributeur en bas.

Bachira obéit, prend le pistolet à deux mains, dirige l'arme vers la tête de Chanerval, et lui demande de communiquer son code. L'écrivain s'aperçoit que cette femme n'a pas l'air du tout à l'aise avec une arme de poing, et redoutant un geste maladroit de sa part, s'incline. Il annonce rapidement le numéro de sa carte bancaire le nombre 5021.

Pendant ce temps, Kévin continue à déshabiller Virginie qui se trémousse avec secousses pour contrarier les manœuvres du voyou, mais celui-ci parvient à ouvrir entièrement la blouse, et tire le soutien-gorge violemment vers le bas, pour enfin faire surgir les seins tant convoités. Il les prend en main malgré les vociférations de sa victime et s'écrie :

— Putain ! Je n'ai jamais vu des seins pareils. Ils sont magnifiques, doux, parfaits. T'as vu Bachira… ses nichons. Ils sont superbes. Je bande comme un ours.

Bachira ne semble pas apprécier le comportement de celui qu'elle croit être son amoureux. Quelques larmes commencent à perler sur ses joues.

— Arrête, mais arrête, j'ai le code. On s'en va.

Kévin, manifestement surtout occupé à caresser la poitrine de virginie, ne se retourne pas et lance à sa compagne :

— OK, encore quelques instants, je m'amuse encore un peu, et on y va.

Il continue néanmoins à multiplier ses attouchements, puis se lève, entreprend de se déboutonner la braguette de son jean, et annonce à Chanerval :

— Tourne-toi par-là toi, je vais me branler entre ses nichons, elle a des seins magnifiques ta fille.

C'est Bachira, qui dorénavant en pleurs ? intervient en tremblotant :

— Arrête, j'ai le code, 5021… 5021 je te dis… arrête Panpan, arrête, mais arrête…

La réponse de Kévin est immédiate et brutale, il tourne son visage vers Bachira et hurle :

— Espèce de connasse, dis-leur mon nom tant que t'y es, abrutie va, tu n'es vraiment qu'une abrutie. On connaît mon surnom chez mes potes, tu n'es qu'une conne, toi avec tes « totottes de merde ».

Deux coups de feu retentissent coup sur coup. Kévin s'écroule, et bascule au sol. Il gît sur le côté, aux pieds de la chaise sur laquelle se trouve Virginie. Manifestement, il est mort.

C'est la consternation parmi les trois autres protagonistes. Charneval, craignant un excès de folie de celle qui est aux limites de la crise, l'invite expressément à poser son arme, et à les détacher. Bachira n'obtempère pas, elle demeure dans un état de prostration inquiétant.

Elle est immobile, bras ballants avec l'arme pendue à sa main droite, et pleure en hoquetant. Elle semble ne rien entendre. L'écrivain insiste, tente de la rassurer en lui rappelant que cet homme était vraiment cruel, méchant, qu'il l'avait maltraitée et humiliée. Ils témoigneront pour elle, entièrement en sa faveur. Virginie en rajoute, en lui rappelant qu'il venait de se comporter comme un salaud, qu'elle a eu raison de supprimer cette ordure, qu'elle sera plus heureuse et que leurs témoignages lui éviteront la prison.

Soudain, un coup de sonnette à la porte d'entrée retentit, puis quelqu'un tambourine fort et crie :

— Philippe, ouvre-moi, on m'a volé la voiture et les clefs, ouvre-moi.

Chanerval s'adresse à Bachira :

— C'est mon épouse, posez votre arme et ouvrez-lui la porte. On ne peut pas rester comme ça, allez...

La jeune femme, hésite, s'approche de la porte, toujours le pistolet en main, et ouvre. Marina entre.

À la vue de Bachira, armée, elle a un recul puis constate que cette jeune fille est en pleurs. Elle s'en approche, doucement, lui parle comme si c'était une enfant, et lentement lui retire l'arme de la main. Bachira n'oppose aucune résistance, l'arme est aussitôt remisée dans le premier tiroir de la commode.

Ce qu'elle voit est ahurissant. Son mari est attaché à une chaise et offre un visage tuméfié. Son arcade sourcilière gauche saigne. Sur une autre chaise est ligotée une jeune femme, dépoitraillée jusqu'à la ceinture, le soutien-gorge baissé sur le ventre, et les seins à l'air. Un homme repose au sol, sur lequel se répand une mare de sang. Elle reconnaît son agresseur du parking de Wancourt. Il porte au poignet le bracelet destiné à Philippe. Elle s'exclame :

— Il est là mon salopard, il m'a fait tomber de la voiture et il est parti avec. C'est une brute. Mais ? on dirait qu'il est mort. Puis observant Bachira :

— Ben elle ! ce doit être sa complice, elle porte les pendentifs que j'ai achetés à Amiens. Mais qui a tué cet homme ?

— Pas nous, nous sommes attachés depuis le début. C'est cette jeune fille, là. Il avait été vraiment horrible envers elle.

192

Chanerval raconte les événements depuis le début : l'irruption du couple qui possédait les clefs, l'homme qui les a braqués avec une arme de poing, sa complice qui nous a attachés, le vol de l'argent, les attouchements vicieux commis sur la jeune femme ligotée ; faits qui ont énervé et chagriné sa compagne, laquelle, excédée, a fini par tirer à deux reprises sur son compagnon.

À son tour, Marina exhibe le pansement de sa main, puis explique la manière dont cet individu a pu dérober sa voiture en la brutalisant, pour lui voler son véhicule, avec son sac à main : donc les clefs, l'adresse, le numéro du téléphone fixe, sa carte bancaire, et les bijoux.

Bachira est toujours prostrée dans un coin de la pièce.

Marina observe longuement Virginie et la questionne :

— Qui êtes-vous ? Je ne vous connais pas.

C'est Philippe Chanerval qui s'empresse de répondre à son épouse.

— C'est la secrétaire de Serge, elle était venue pour se renseigner sur l'état actuel de mon roman. Tu connais Serge, il me houspille sans arrêt. C'est mademoiselle Delattre.

Marina n'insiste pas, elle s'empare du téléphone et annonce qu'il est temps d'appeler le SAMU et la Police. Cet homme n'est peut-être pas vraiment mort. Son mari intervient :

— Tu pourrais nous détacher quand même, on ne va pas rester comme ça. Prends des ciseaux, vite.

— Il n'en est pas question. Il faut que la police constate que ne pouviez pas tuer cet homme dans votre position. On ne sait jamais, la petite pourrait changer sa version.

Chanerval n'insiste pas. Son épouse fait preuve de bon sens. Il faudra encore patienter, ligoté sur sa chaise.

Virginie interpelle Madame Chanerval :

— S'il vous plaît madame, pourriez-vous réajuster mon soutien-gorge, et refermer mon chemisier ? Je ne peux pas rester ainsi devant toutes les personnes qui vont arriver.

Marina, compréhensive, s'active à remettre les vêtements de la jeune femme en place.

Leur attente n'est pas bien longue. Les services du SAMU sont sur place. Le médecin ne peut que constater le décès du jeune homme. Deux balles ont été tirées, l'une dans le bas des reins, l'autre un peu plus haut en plein milieu des omoplates.

S'agissant d'un crime, l'affaire n'étant plus de leur ressort, les services de secours quittent les lieux, et font place à la Brigade criminelle de la Sûreté de Lille. Le Commandant Gérard Bernier prend les choses en main.

Il confie le soin aux fonctionnaires de l'identité judiciaire de prendre les photos des lieux, comprenant les deux personnes attachées. Apercevant Virginie, le Commandant s'en étonne, et la questionne en priorité :

— Eh bien, mademoiselle Delattre, vous ici. Votre ami n'est pas avec nous, il est en stage à Lyon pour toute la semaine. Je suppose que vous avez eu très peur. Vous pouvez me raconter ce qui s'est passé ?

— Oui, bien sûr. Je sais que Renaud est à Lyon. Il sera de retour vendredi soir. Mais, ce serait gentil de votre part de me détacher maintenant. S'il vous plaît ?

Le commandant obtempère, pendant que l'un de ses adjoints s'occupe de délivrer Chanerval de ses liens.

Virginie raconte en détail cette sordide et finalement morbide affaire. Marina, complète l'histoire en narrant à son tour le car-jacking dont elle a été victime sur l'aire d'autoroute de Wancourt. Bachira qui s'était accroupie dans un coin de la pièce, toujours en pleurs, est appréhendée par deux policiers. Virginie leur signale à haute voix :

— Vous savez, ce type était un vrai salaud. Il l'a poussée à bout. Cette jeune femme n'avait pas voulu le tuer, les coups sont partis malencontreusement. C'est vrai Commandant.

Philippe Chanerval confirme sans réserve les termes de la… « secrétaire » de son éditeur. Termes qu'il emploie de nouveau avec insistance devant son épouse, pour justifier la présence de cette jeune femme.

À l'écoute de ces derniers mots, « secrétaire de son éditeur » Le Commandant s'étonne intérieurement. Virginie Delattre est étudiante en droit, il le sait, Bartoli l'avait présentée ainsi. À sa connaissance, elle n'a jamais été secrétaire d'un éditeur. Il conserve cette interrogation pour lui-même d'autant plus, que Virginie Delattre ne contredit pas ces propos.

Le corps de Kévin est pris en charge par les pompiers, et conduit au dépôt mortuaire du Centre hospitalier. Marina signale que le pistolet se trouve dans le premier tiroir de la commode. L'arme en est prélevée et saisie avec précaution par les enquêteurs.

Les Chanerval et Virginie sont invités à se rendre au Commissariat afin que leurs témoignages soient recueillis. Une nouvelle enquête est ouverte, toujours sous la direction de Gérard Bernier, mais cette fois il en connaît l'auteure.

Par la suite, Bachira avouera avoir tiré des coups de feu sur son ami, et les circonstances qui l'avaient amené à le faire. Elle racontera aux policiers, avec ses mots à elle, les nombreux vols de voiture avec violence, vols dans les maisons, commis par le défunt depuis presque deux ans.

Elle évoquera même une sorte de chantage, qui avait rapporté six mille euros, à son ami, mais aucune plainte de cette nature n'avait été répertoriée par la police.

******

Chapitre 12

Nous sommes le vendredi 1er juin. Virginie planche sur ses bouquins et tente de se concentrer sur des articles relatifs au Code civil. Elle n'y parvient pas facilement. Elle ne s'est toujours pas remise des récents événements angoissants vécus chez Chanerval. À peu de choses près, cela aurait pu mal tourner. Ce type était dangereux, un vrai malade. Armé d'un pistolet réel, elle pense qu'il aurait pu les tuer. Elle est toujours bouleversée par cette affaire, sent bien qu'elle aura beaucoup de mal à oublier ces instants dramatiques. Pourtant, ceci est du passé, et ce n'est pas ce qu'il l'inquiète le plus désormais.

Renaud a quitté Lyon vers 17 h 30. Juste avant de prendre la route, il lui a téléphoné, et lui a juré que, quelle que soit l'heure, il passera chez elle. Il a une envie folle de la prendre dans ses bras. En fait, il l'appelait tous les jours, dans la soirée, et leurs échanges duraient parfois près de deux heures. Aucun des deux ne voulait mettre fin à la communication. Elle était enchantée de pouvoir entendre sa voix, l'écouter lui susurrer des mots moelleux, tendres, quelquefois osés. Elle aimait ses suggestions de positions un peu crapules. Tout à l'heure, il sera là. Bien sûr, elle sait qu'une nuit d'amour endiablée est vivement souhaitée par l'un et l'autre. Ils meurent d'envie de vivre de nouveaux instants faits d'amour et de plaisirs, mais il va falloir lui dire. Mais lui dire quoi ?

Demain dimanche, il ira au bureau, prendra connaissance des affaires en cours, et celles de la semaine écoulée. Et puis en début de semaine, il verra le Commandant Bernier qui lui résumera les faits, lui fera surtout état de la présence de sa petite amie, découverte ligotée chez l'écrivain. Bien entendu, Renaud prendra connaissance de la procédure, des déclarations de chacun, de l'album photo dans lequel elle figure attachée, et aussi des trois-cent-quarante-deux euros qui lui ont été restitués. Il se demandera ce qu'elle faisait dans cet appartement, et surtout en qualité de secrétaire d'un éditeur, comme l'ont déclaré Philippe, mais aussi Marina qui avait à ce moment-là, gobé le mensonge de son mari.

Alors, c'est incontournable, il faut qu'elle lui en parle dès ce soir.

Il est presque minuit, il a composé le numéro de son studio à la platine de rue, c'est lui. Elle a revêtu une robe de chambre en satin, de couleur rose indien. Le tissu est léger et caresse agréablement son corps entièrement nu. Elle lui ouvre la porte, et ils tombent immédiatement dans les bras l'un de l'autre. Un long baiser est échangé sur le palier avant de la refermer. Renaud a bien senti, et compris que son amoureuse était nue sous sa robe de chambre. Elle le regarde dans les yeux, l'observe longuement et lui dit :

— Tu as l'air fatigué, je t'ai préparé un petit en-cas.

La réponse de Renaud est gestuelle. Il la prend par la main, l'entraîne dans la chambre, l'allonge sur le lit, et déclare avec une voix doucereuse :

— Mon en-cas, c'est toi. Je vais te dévorer, te croquer, te déguster, te savourer, me délecter et me gaver goulûment de ton corps, c'est toi mon en-cas préféré.

Accompagnant le geste à la parole, il entreprend de se déshabiller, et d'ôter avec impatience la robe de chambre de sa partenaire, qui après ces mots forts lui lance :

— C'est ça… mange-moi… mange-moi mon amour… mange-moi.

S'ensuit une véritable chevauchée fantastique. Après un long moment fait à la fois de fougueux ébats, et d'instants de tendresse, les deux amants reposent l'un contre l'autre.

— Tu m'as beaucoup manqué annonce Virginie.

— Je ne suis parti qu'une semaine, et d'ordinaire on ne se voit qu'une fois par semaine, cela ne change pas beaucoup. J'avais quand même davantage encore, si c'est possible, une envie folle de te faire l'amour.

— Je sais bien, mais te savoir si loin. Et puis, lundi, j'ai vécu une dramatique mésaventure, et…

Renaud coupe net Virginie :

— Lundi, mais on s'est parlé tous les soirs au téléphone, et tu ne m'as rien dit.

— Je ne voulais pas que tu t'inquiètes, tout s'est bien terminé… pour moi.

Virginie raconte sa version des événements qu'elle a vécus :

« Elle était invitée à boire le café chez des amis. Un couple : lui, Philippe Charneval, écrivain, elle, Marina Charneval, correctrice de romans. Quand elle est arrivée, madame n'était pas là. Elle devait les rejoindre incessamment.

Alors qu'ils l'attendaient, ils ont été surpris par l'arrivée de deux jeunes gens : un garçon et une fille. Le jeune homme était armé d'un pistolet et les a fermement menacés. Il a ordonné à la jeune femme d'attacher Philippe et elle-même sur deux chaises. Ils ont volé tout ce qu'ils ont pu, mais quand le jeune homme a voulu abuser d'elle, sérieusement ligotée, en déboutonnant son chemisier. La jeune femme à qui il avait confié l'arme pour avoir les mains libres, excédée par le comportement de son ami, et prise d'une extrême jalousie, a tiré à deux reprises dans le dos de son compagnon qui est mort sur le coup.

En fait, auparavant, ils avaient volé la voiture, les papiers et les clefs de Marina Chanerval. Cette dernière était enfin arrivée chez elle ramenée par un aimable automobiliste. Médusée par la présence d'une jeune fille armée, et devant la scène exposée sous ses yeux, elle avait aussitôt prévenu les secours : SAMU et Police. Ils ont eu affaire au Commandant Bernier chargé de l'enquête ».

Renaud a écouté attentivement le récit de sa petite amie. Il ne sait pourquoi, mais il ressent comme une espèce de suspicion sur ce qu'il vient d'entendre. Il ne questionne pas Virginie, cela lui paraît inutile. Demain, en allant au service, il pourra consulter la procédure. En réalité, il n'est pas du tout sûr que la version donnée par son amoureuse soit conforme à la réalité. Il intervient cependant avec empathie :

— Tu as dû avoir très peur, ma chérie ? L'arme était réelle finalement.

— Oh que oui, j'en encore des frissons parfois.

Renaud la serre fort dans ses bras.

— Je suis là maintenant, il ne t'arrivera plus jamais rien.

Les amants s'endorment et ne se réveillent le lendemain qu'un peu avant midi. Ils ne peuvent s'empêcher de faire l'amour une fois encore. Renaud se contente d'un café, pressé de se rendre à son bureau. Il promet à Virginie de la rejoindre le soir même.

******

Le jeune Commissaire a de la chance de trouver le secrétariat de son service encore ouvert, alors qu'il est largement passé midi. Sandra qui assure le samedi cette semaine, avait décidé de déjeuner sur place d'un sandwich, accompagné d'une petite bouteille d'eau minérale. Elle accueille Bartoli avec étonnement, et se trouve un peu embarrassée d'être surprise en train de mâchouiller. Elle essuie promptement sa bouche avec un mouchoir en papier, ôtant en passant une partie de son rouge à lèvres.

Bien que plus âgée, elle se trouve toujours subjuguée en présence de son chef. Il incarne à ses yeux, la prestance et l'élégance, ainsi qu'un imposant pouvoir de séduction. Elle est consciente que leur différence d'âge représente un obstacle trop important pour espérer séduire le jeune homme. Après ce court instant réflexion, elle s'exclame :

— Quelle surprise, monsieur le Commissaire ! je vous croyais encore à Lyon.

— Bonjour Sandra, ne vous souciez pas de moi. Pouvez-vous me procurer une copie de la procédure relative au meurtre du nommé Kévin Gorski qui s'est produit lundi dernier, s'il vous plaît ? J'aime beaucoup votre nouvelle coiffure.

C'est rouge de confusion que Sandra, quitte sa chaise, se rend dans la pièce voisine tout en disant :

— Vous avez de la chance, nous ne l'avons pas encore classée aux archives ? C'est Monsieur Bernier qui s'est occupé de l'affaire.

Elle revient en affichant un grand sourire, et remet le document à son chef. Celui-ci la remercie en lui rendant son sourire, et emporte la procédure dans son bureau.

Bien installé, il parcourt le rapport de synthèse, puis s'applique à lire surtout les procès-verbaux d'audition de Bachira Delmotte, des Chanerval, et de Virginie.

Mademoiselle Delmotte Bachira affirme bien qu'ils avaient agressé Madame Chanerval sur une aire d'autoroute près d'Arras. Ils avaient volé la voiture, dans laquelle se trouvait le sac à main contenant l'adresse, les clefs du domicile de la dame, et des bijoux.

Ils avaient entrepris de cambrioler son logement, mais le mari et sa fille étaient présents. Kévin Gorski les avait aussitôt braqués avec son pistolet, et elle avait pour sa part, obéissant à ses ordres, ligoté l'homme et la demoiselle sur des chaises. Par la suite, son compagnon avait commencé à s'intéresser au physique de la jeune femme en lui déboutonnant son chemisier, puis en dévoilant ses seins.   Elle avait tiré sur son ami car il avait entrepris de se masturber sur la poitrine de la femme ficelée. Gorski s'extasiait devant les seins de la demoiselle qu'il trouvait superbes. Renaud ne connaît pas Bachira, mais il est clair que le mot « extasier » a été suggéré par l'enquêteur.

Dans les interrogatoires de police, lorsque la personne interrogée est peu cultivée, il arrive aux policiers d'être contraints d'exprimer par un mot juste ce que l'intéressé veut faire comprendre.

À la lecture du témoignage de Philippe Chanerval, Renaud apprend que Virginie était devenue secrétaire d'une maison d'édition le « Clavier Averti ». Qu'elle était là, à la demande de son patron, pour s'informer de l'état d'avancement de son roman.

Marina Chanerval confirme les dires de son époux, la jeune femme est bien secrétaire dans cette maison d'édition, puisque son mari l'a présentée ainsi. Elle venait de chez sa mère qui réside à Amiens, où elle devait rester jusqu'au mardi. La venue de son frère et de sa famille l'a fait changer d'avis, et le lundi matin, elle décidait de rentrer à Lille. C'est sur l'aire de Wancourt qu'elle eut ensuite le malheur d'être victime d'un car-jacking avec violence, et sous la menace d'une arme.

Renaud s'attarde ensuite sur la déclaration de Virginie. Elle s'est déclarée étudiante en droit, et prétend s'être rendue chez les Chanerval pour prendre le café. Elle pensait que madame serait présente. Le récit de l'agression ne varie pas de ceux déjà lus par le Commissaire à la différence près, qu'elle accepte sur le procès-verbal, la restitution de trois cent quarante-deux euros, prélevés de son sac à main par l'agresseur.

Le raisonnement de Bartoli est limpide. Virginie est allée chez Philippe Chanerval le lundi, en sachant pertinemment que son épouse ne serait pas là avant mardi. Elle a été présentée comme secrétaire d'une maison d'édition par Chanerval à sa femme, pour justifier sa présence. Virginie avait probablement récupéré la somme d'argent extraite des poches du blouson du cadavre, somme généreusement attribuée par Monsieur Chanerval, pour un très probable service spécial rendu.

Le jeune Commissaire est envahi par une immense tristesse. Son amoureuse se livre encore à la prostitution. Cette idée l'insupporte. Un homme de plus a encore profité des remarquables atouts physiques de sa bien-aimée. Cet homme est un écrivain connu du public littéraire. Bartoli a déjà entendu des commentaires sur ses récits. Il n'a jamais lu ses romans, ils ne sont pas de son goût. D'après les résumés des dos de couverture, il les juge un peu trop « fleur bleue ». Mais cet homme doit payer lui aussi son ignominie. Toucher à sa princesse est intolérable, il doit mourir, et il mourra.

Mais pourquoi fait-elle ça ? pourquoi ? Le chagrin se déclare de nouveau. L'homme pleure, les larmes perlent le long de ses joues comme un enfant. Il pleure longtemps, très longtemps. Il se reprend : un garçon ne pleure pas, on le lui a dit dans sa jeunesse, qui plus est ; un homme non plus, et Commissaire de Police, encore moins. Ce n'est qu'une heure plus tard qu'il se décide à regagner son appartement.

Le soir, comme chaque week-end, il rejoint son amoureuse. Le couple passe la soirée du samedi ensemble, et une partie du dimanche. Bien que tenté, Renaud ne pose aucune question à Virginie au sujet de l'agression dont elle a été victime, et de sa relation avec l'écrivain. Celle-ci n'est pas dupe, elle se doute que le Commissaire s'est renseigné sur l'affaire. Il sait forcément qu'elle se prostitue. Elle voudrait bien lui dire que tout cela est terminé, mais n'ose pas. Alors les deux amants demeurent bizarrement, et volontairement secrets à ce sujet. Ils semblent vouloir l'un et l'autre, éviter une confrontation, avec altercations et mots durs, qui pourrait aboutir à une rupture. Ils s'aiment trop pour envisager une telle éventualité.

******

204

Nous sommes à la fin du mois de juin 2018. Virginie a donné son préavis de rupture de location de son studio. Elle accepte d'habiter chez l'homme qu'elle aime. Elle n'a plus de rendez-vous, plus besoin de vendre son corps, de s'obliger à vivre ces instants malsains, écœurants parfois, toujours vécus avec répulsion. Elle se sent mieux, propre, saine, apaisée, mais nettement moins riche. L'argent est son vice, le moyen de combler tous ses désirs, ses goûts extravagants. Elle se rassure un peu sur ce point, elle n'aura plus de loyer à payer, et pourra continuer, certes dans une moindre mesure, à se payer les vêtements, chaussures et accessoires qui la tentent. Elle l'avait promis à Renaud, elle emménagera donc le 16 juillet dans l'appartement du Parvis Saint-Maurice, bien plus spacieux que son logement de la rue Sainte-Barbe. C'est décidé, les amoureux auront leur nid toutes les nuits pour se consacrer pleinement à des étreintes érotiques, et davantage encore, et à cette intense passion qui les habite.

Virginie ne fait plus « de plonges », le soir, elle est toujours disponible. Renaud croit comprendre que sa petite amie a mis fin à son activité licencieuse et il s'en réjouit. Néanmoins, il y a toujours ce Chanerval et il faut absolument en finir avec lui. Il ne supporte pas que cet homme eût profité du corps de la femme qui lui appartient. Seulement, il ne le connaît pas, ne l'a jamais vu et se demande comment il va pouvoir le repérer. Utilise-t-il le véhicule DS 23 crossback cité dans la procédure ? Il s'engage à vérifier cela, mais il va falloir planquer encore longtemps sur la place Sébastopol. Il se dit qu'il n'a pas le choix, et qu'il doit faire vite. Ses collègues ajouteront sans trop d'hésitation ce meurtre au crédit de l'étrangleur en série du vieux Lille.

Le Commandant Bernier l'avait pris à part dans la semaine qui a suivi son retour de Lyon, et fait part de sa surprise d'avoir constaté la présence de son amie parmi les victimes. Bien sûr, il savait qu'elle n'était pas secrétaire d'une maison d'édition comme l'affirmait Chanerval, mais par amitié pour son collègue, avait choisi de ne pas creuser davantage cette incohérence. Bartoli avait écouté avec attention le récit du Commandant, en se gardant de signaler qu'il avait déjà lu toute la procédure. Bernier est un flic malin, un homme d'expérience, sans doute avait-il compris le rôle exact de Virginie dans cette affaire, d'autant plus qu'il avait fallu lui restituer une forte somme d'argent en liquide. Bartoli a confiance en Bernier, il sait qu'il peut compter sur sa discrétion.

Au cours de la discussion, Renaud a retenu surtout une phrase de son collègue, une phrase qui va peut-être l'aider dans son entreprise assassine :

— Au fait, vous savez que le responsable du « Rotary club » m'a encore interpellé par téléphone. Il se demandait si ce Gorski n'était pas également le meurtrier de Maître Pavet et du docteur Michalak. Il pensait qu'il était peut-être venu chez Chanerval pour l'achever lui aussi. Chanerval étant l'un de ses amis et un membre assidu du club. Bien entendu, je connaissais ce Gorski en tant que minable braqueur, et je l'ai rassuré : rien à voir avec notre étrangleur. Il est assommant ce mec, il a peur que tous ses copains y passent, raconte le commandant.

Voilà qui va faciliter la tâche de Bartoli, il lui suffira de se rendre à l'adresse du club et d'attendre la sortie de ses membres. Il pourra renouveler l'opération Pavet, qui s'était déroulée avec facilité, et sans le moindre risque. Reste à identifier le visage de cet homme. Il a pu consulter l'album photo de l'affaire Gorski et a bien remarqué un homme attaché à une chaise, pas loin de Virginie, mais elle trop imprécise, pas suffisamment nette pour apprécier les traits de son visage.

Un article lu dans le journal la « Voix du nord » va lui apporter une aide non négligeable. En effet, il y est écrit qu'un salon du livre se tiendrait à Arras du 22 au 24 juin, que plusieurs écrivains connus, et cités dans l'article, dont le romancier Philippe Chanerval, pourront y dédicacer leurs œuvres au public. Le jeune commissaire met à son programme, un déplacement à Arras dès le samedi 23 juin. Une aubaine, il saura exactement à quoi ressemble ce salopard.

Il pense de nouveau à Virginie, femme intelligente. Comment a-t-elle pu en venir à se vendre ? Par vice ? Pour le fric ? Il l'imagine se dandinant, en ondulant des fesses, animant ses seins, devant cet individu aux yeux exorbités, et devant les autres aussi, maintenant décédés par ses soins. L'image lui fait mal. La gamberge s'immisce dans son cerveau et l'infeste. Il la voit procéder consciencieusement à des fellations, se faire prendre par tous côtés. Elle ferait ça, elle, comme une vraie pute. Ce dernier mot le répugne, Virginie une pute, non, pas elle. Il faut qu'il chasse toutes ces obscènes images de sa tête. De toute manière, sa décision est prise, cet écrivain va le payer cher, très cher.

Un fait le turlupine : Pavet, Michalak, et Chanerval, tous membres du Rotary ? Pourquoi ? Y aurait-il un réseau de prostitution au sein de ce club ? Cela paraît insensé, ce n'cst pas à sa connaissance dans l'esprit de cette association, plutôt tournée vers des actions sociales de bienfaisance, et éloignée de toute activité illégale. L'un d'eux aurait-il passé le tuyau à deux de ses copains ? Bartoli, comme tout flic, a horreur de ne pas comprendre, seule Virginie le sait, mais de ça, ils éviteront d'en discuter.

Renaud Bartoli ressentait un besoin impétueux de dépenser une énergie bouillonnante. Lors de ses séances de musculation, il s'activa d'une manière effrénée. À chaque fois, dans la salle de fitness, quand qu'il poussait fort sur les machines en exaltant un gémissement d'effort et de souffrance, c'était Chanerval qui en réceptionnait le souffle. Lors de ses entraînements de judo, ses partenaires devaient subir une ardeur inhabituelle. Renaud s'acharnait davantage que d'ordinaire, avec une force à la limite de la méchanceté. Chaque fois qu'il terrassait un opposant, c'était l'écrivain qui était projeté sur le tatami.

En ce 23 juin 2017, en tout début d'après-midi, le Commissaire se rend à Arras. Il va pouvoir enfin voir le visage de celui qui le hante, qui persécute son esprit depuis plusieurs jours. Au volant de son véhicule Audi Coupé, il pense qu'il faudra qu'il se contienne. Il connaît sa fougue, ses colères parfois incontrôlables. Avoir cet homme en face de lui risque de provoquer une réaction violente de sa part.

C'est en reprenant son souffle par de fortes inspirations qu'il accède à la grande salle dévolue à l'événement.

La salle est bondée d'amateurs de livres. Les auteurs sont installés derrière des tables sur lesquelles sont entassées des piles de bouquins. Renaud traîne de table en table, fait mine de s'intéresser, mais finalement n'achète aucun livre. D'un coup, il se trouve à la table de son ennemi. Chanerval est là. L'homme est assis. Il est, d'après Bartoli, largement quinquagénaire, et présente une calvitie frontale importante. Une paire de lunettes encadre le haut de sa tête, paire de lunettes qu'il descend parfois sur le nez, lors de la rédaction de ses dédicaces.

Renaud, s'empare d'un livre, fait semblant de s'intéresser au dos de couverture du bouquin, où figure le résumé du roman, il n'y trouve aucun intérêt, mais observe surtout l'auteur en douce. Cet homme paraît fier de lui, affiche une prétention évidente, et s'adresse à ses acheteurs avec désinvolture et une part de condescendance. Manifestement, l'attitude de l'homme de lettres conforte le Commissaire dans ses intentions. L'écrivain pavane devant ses admirateurs, qui sont surtout des admiratrices férues de romans d'amour à fins heureuses.

En reprenant sa voiture, Renaud remarque un peu plus loin, la présence d'un véhicule DS 3 crossback de couleur grise, immatriculée en 59. Sa visite arrageoise se révèle concluante, il a ainsi pu repérer l'homme qu'il entreprend d'exécuter, et la voiture qu'il conviendra de filer.

******

Nous sommes le vendredi 29 juin, Renaud a passé la soirée avec Virginie, mais cette fois, prétextant une affaire importante de drogue, il quitte le studio de la rue Sainte-Barbe un peu avant minuit, non sans avoir promis à sa compagne qu'il la rejoindrait dès la fin de matinée. Il et se précipite alors au volant de sa voiture de fonction, puis se rend à la sortie du bâtiment qui héberge les réunions des membres du « Rotary club ». Il a très rapidement visualisé l'emplacement du véhicule DS 3 grise de sa future victime, et attend patiemment en écoutant attentivement les échanges et positions des véhicules des brigades anti-criminalité, de service cette nuit-là.

Tout est prêt, les gants en latex, le masque chirurgical et une fine lanière de cuir noir qui autrefois faisait office de cravate. Hérité de son père, il avait conservé sans trop savoir pourquoi, cet accessoire démodé, mais extrêmement solide.

La séance semble plus longue que d'ordinaire, et ce n'est que vers une heure du matin que des hommes en nombre sortent de l'immeuble, puis se saluent, avant de rejoindre leurs voitures. Bartoli a des difficultés à repérer Chanerval, et ce n'est que quand il s'aperçoit que la DS déboîte qu'il se dépêche de la suivre.

À cette heure tardive, le Commissaire n'a aucun mal à suivre le véhicule de Chanerval. Il se dirige effectivement vers la place Sebastopol, et c'est à sa descente de voiture qu'il compte bien intervenir l'arme au poing, et le contraindre à se rendre près de la rue d'Angleterre. Pour le reste, il sait faire. L'affaire ne se présente pas mal pour Bartoli qui n'affiche aucune agitation, ni aucune appréhension, mais plutôt une étonnante placidité.

Néanmoins, un soudain changement de direction de l'écrivain trouble le Commissaire. Chanerval vient d'emprunter une petite rue perpendiculaire sur sa droite qui l'éloigne plutôt de son domicile.

Bartoli réagit promptement et colle presque aux pare-chocs de la DS. Il est surpris par cette volte-face inattendue, mais s'attache à ne pas lâcher son objectif. D'un coup, Chanerval stoppe son véhicule et entreprend un créneau. Bartoli n'a pas le temps de réagir, que l'homme s'est déjà engouffré dans un bar à lanterne rouge. Il est obligé de se garer un peu plus loin, sort de sa voiture Peugeot 308 et se dirige vers l'établissement. Il est presque une heure du matin. Il détaille l'enseigne de l'établissement. On ne voit pas l'intérieur, l'accès se fait par une grosse porte en bois munie d'une sonnette. Manifestement, ce bar à l'enseigne « Soif de lapin » est un bar dit « américain », dans lequel des hôtesses ont pour mission de faire payer du champagne à leurs clients. Bartoli hésite, puis se décide. Il sonne à cette porte.

Une dame d'une quarantaine d'années, assez petite, vêtue sobrement mais maquillée à outrance, lui ouvre après avoir vérifié l'allure du visiteur par une petite trappe fenêtre, genre juda. Elle l'invite à pénétrer dans la salle où se trouve le bar. Bartoli se dirige directement au comptoir et commande une coupe Il regarde autour de lui. Des hommes sont au comptoir en compagnie de jeunes femmes aux tenues légères, et plutôt vulgaires. Par un regard circulaire de l'endroit, il aperçoit enfin le romancier, affalé sur un canapé, entouré de deux hôtesses qui s'emploient à le flatter, et exhibent leurs larges décolletés et leurs cuisses débordantes de leurs mini-jupes. On entend bien que tout en le caressant par-dessus le costume, elles l'exhortent à leur offrir une bouteille de champagne. Chanerval semble un peu ivre, il obéit, accède à cette demande et hurle à la personne placée derrière le bar :

— Apportez-nous une bouteille de champ, Madame s'il vous plaît. J'ai soif et les petites aussi.

La partie est gagnée pour les deux filles, et surtout pour la patronne. La bouteille est inégalement partagée. L'essentiel de ce vin mousseux est versé au client toujours satisfait des papouilles hypocrites, qui lui sont prodiguées par les jeunes femmes. Il ingurgite assez vite la boisson, pressé par ses compagnes de la nuit. Leur but est de lui en faire commander une seconde.

Bartoli est lui aussi, vite abordé au bar. Une très jeune femme, très blonde, à la poitrine menue, lui adresse la parole par des banalités. Le Commissaire ne répond pas, il a toujours un œil sur sa future victime. Il ne faudrait pas qu'il quitte les lieux sans qu'il s'en rende compte.

La jeune femme est consternée par le mutisme de l'homme qu'elle a accosté, elle finit par s'énerver un peu :

— Je ne vous plais pas… c'est ça. Je vous embête. Voulez-vous que j'appelle une autre fille ?

— Non, ce n'est pas la peine. Excusez-moi mais j'ai quelques soucis. Voulez-vous une coupe de champagne ?

La demoiselle qui finit par cesser de se trémousser devant ce client plutôt bizarre accepte l'offre. Deux coupes sont servies, et immédiatement réglées par le Commissaire. Il ne peut pas se permettre de perdre du temps, au cas où Chanerval déciderait de quitter brusquement le bar. Il se doit même d'anticiper son départ.

Après avoir été persuadé, à l'aide de moult caresses réciproques, de commander une seconde bouteille prétendue de champagne et l'avoir entièrement consommée, Chanerval finit pas se lever difficilement de son siège. Il rejoint la caisse tenue par la patronne en titubant quelque peu, portefeuille en main. Bartoli qui a déjà payé ses consommations, salue aimablement sa jeune voisine, et quitte précipitamment l'établissement.

À l'extérieur, Il se positionne à proximité du véhicule de l'écrivain, enfile ses gants de caoutchouc, place son masque, s'accroupit derrière le véhicule voisin, et attend. La rue est déserte et peu éclairée. Il est passé deux heures du matin, et le conducteur attendu tarde à rejoindre sa voiture. Il ne sort du bar que cinq minutes plus tard, ouvre la portière de sa DS, mais est tout de suite braqué d'un canon collé sur sa nuque, invité à se mettre au volant, et démarrer le véhicule. Le Commissaire s'installe promptement à l'arrière, derrière le chauffeur, indique avec autorité et voix assurée les rues qu'il doit emprunter, et l'amène ainsi à rejoindre la rue d'Angleterre. Il le contraint, arme sur la tempe, à prendre une petite rue perpendiculaire plus calme et moins éclairée, et lui demande d'arrêter sur le côté. Brutalement, Chanerval qui a été sensiblement dessoûlé par sa tragique situation, ouvre la portière et se met à courir vers la rue principale.

Bartoli, sportif accompli, et beaucoup plus jeune, le rattrape assez facilement après une course d'à peine vingt mètres. Il le plaque au sol, et l'assomme violemment avec la crosse de son pistolet. Chanerval étourdi, gît inerte au sol, et saigne de la nuque. Le commissaire jette un regard circulaire, et constate avec satisfaction que personne n'est en vue. Il porte sa victime, le replace sur le siège du conducteur, se met derrière lui et l'étrangle avec force, longuement, très longuement, avec sa lanière en cuir. Il dénoue ensuite le lien, s'assure que l'homme est bien mort, et refait le nœud à la façon d'un gaucher.

Il s'empare ensuite du portefeuille de l'écrivain et entreprend de rejoindre à pied sa Peugeot 308 abandonnée près du bar. En route, il se débarrasse du portefeuille, de son masque et de ses gants, dont un comportait quelques traces de sang. Il rejoint ensuite son domicile et s'endort soulagé. Tout s'est bien passé malgré le comportement impondéré de Chanerval. Justice est faite. Bartoli espère simplement que cette fois, c'est bien le dernier client de Virginie. Il s'attend comme les autres fois à un appel de son service, à l'aube de ce samedi. Il ne lui reste que quelques heures de sommeil à consommer.

Il est 8 heures du matin, la sonnerie de son téléphone mobile retentit. Une nouvelle fois, on lui annonce la découverte d'un cadavre dans le vieux Lille. Un homme été découvert étranglé dans sa voiture par un riverain, dans le passage des Trois Anguilles.

Rendu sur les lieux, Bartoli prend contact avec le Commandant Bernier. Ce dernier est perplexe et semble désemparé. Une fois encore, il n'est découvert aucune trace, aucun indice, ni l'existence d'aucun témoin. Le gaucher a encore sévi, a de nouveau dérobé le portefeuille de sa victime. Une importante blessure a été constatée à l'arrière droit de sa nuque, coup probablement porté par un objet contondant. De surcroît, des traces de chaussures devant la portière du chauffeur semblent indiquer qu'il a été tué à un autre endroit, puis traîné et installé dans sa voiture. Celui-ci est un homme connu dans le monde littéraire, il s'agit de Philippe Chanerval, romancier, et personne ne sait ce qu'il faisait dans cette impasse cette dernière nuit.

Renaud Bartoli s'adresse à son collègue avec un discours fallacieux, et insiste lourdement en signalant que l'on a toujours affaire au même tueur en série, et qu'il va falloir multiplier les patrouilles dans ce secteur. Bernier écoute son supérieur mais sans lui avouer, ne paraît pas convaincu par la méthode. Cette affaire ennuie sérieusement le Commissaire central, mais aussi le Procureur de la République, sans cesse houspillé par les journalistes des médias de toute nature, avides d'éléments concrets susceptibles d'alimenter leurs rubriques.

C'est toute la ville – maire, adjoints responsables sociaux compris, habitants surtout – qui est en émoi. La terreur règne surtout dans le vieux Lille. Ce quartier est évité pendant la nuit. Les riverains vivent dans en état de panique.

Quatre hommes étranglés dans leur voiture dans un même secteur, pendant la nuit, en quelques mois, c'est du jamais connu dans la capitale des Hauts de France.

******

Chapitre 13

Nous sommes le dimanche 15 juillet et dès 9 heures, le couple Renaud et Virginie s'active. Le studio de la rue Sainte-Barbe doit être libéré le lendemain, lundi 16. Par plusieurs allées et retours, de cette rue à son appartement du Parvis Saint-Maurice, Renaud charge le coffre de son Audi, des effets de sa demoiselle, des petits meubles, bibelots, peluches, qu'elle avait entassés dans son meublé. La garde-robe est fournie, les chaussures et sacs, en grand nombre. Renaud pense déjà qu'il va falloir très vite acquérir une ou deux armoires supplémentaires, pour ranger ce stock. Il est assez surpris, épaté même, surtout par la qualité et la quantité de vêtements, dont certains comportent encore leurs étiquettes, mais aussi par le nombre incroyable de chaussures, dont beaucoup ne semblent jamais avoir été portées.

Virginie est ravie d'emménager dans cet appartement beaucoup plus spacieux que son ancien studio. Ce n'est pas un meublé, le logement a été entièrement aménagé par Renaud. Si elle apprécie certains meubles et certaines décorations, elle en regrette d'autres. À peine quinze jours après son installation, qu'elle y a déjà mis son grain de sel. Renaud, satisfait de l'avoir dorénavant à demeure, la laisse faire selon ses envies. Il est quand même contraint de puiser dans ses placements bancaires, pour satisfaire les fantasmes décoratifs de sa dame.

À la fin du mois, Renaud propose à sa chérie d'aller passer une semaine de vacances sur la Côte d'Azur. Ils pourraient ainsi profiter de ce séjour pour passer deux ou trois jours chez sa sœur, près d'Antibes. Cette dernière ne cesse pas de les inviter, elle a hâte de faire la connaissance de la dernière conquête de son frère, présentée comme définitive.

Virginie approuve, mais lui fait remarquer qu'en cette fin de mois de juillet, il aura beaucoup de mal à trouver un hôtel ou un gîte, pendant le mois d'août, surtout dans cette région. Renaud ne démord pas de ses intentions et parcourt sur la toile de son ordinateur tous les hôtels de la Côte d'Azur, de Hyères à Menton. Ses recherches sont vaines. Toutes les chambres sont réservées pendant le mois d'août. Il oriente ensuite ses recherches en direction des studios pour une location d'une semaine. Là encore, c'est l'échec. Il laisse néanmoins à plusieurs agences ses coordonnées téléphoniques, à tout hasard. Il délaisse les gîtes qui sont généralement éloignés du bord de mer. C'est désespéré, qu'il renonce à son entreprise. Virginie s'en amuse.

— Cherche plutôt dans les quartiers nord de Marseille ou dans la banlieue de Toulon, tu trouveras peut-être se gausse-t-elle.

— Rigole, rigole, petite moqueuse, je vais m'occuper de tes fesses, et tu ne l'auras pas volé.

Un peu plus tard, la sonnerie du portable de Renaud retentit. Il s'en empare et exprime un large sourire. Une dame d'une agence de Saint-Raphaël lui propose un petit studio avec balcon, et vue sur la mer, à Saint-Aygulf. Il s'agit d'un désistement et il lui suffit de régler la totalité de cette réservation sur un site internet qu'elle lui communique.

Renaud est ravi et raille à son tour sa compagne.

— Voilà c'est réglé, ce sera à Saint-Aygulf du dix-huit au vingt-cinq août. Avec moi, ça roule toujours, j'avais confiance. Pour ta fessée, je vais doubler le châtiment.

Sur ces paroles, Renaud se jette sur son ordinateur et se hâte de régler le montant exigé. C'est super, ils partiront le quinze août dans la soirée pour Mougins, et après un court séjour chez Annabelle, ils gagneront le studio retenu à Saint-Aygulf. Renaud a choisi de conduire de nuit, ainsi faire la route d'une seule traite, avec quelques arrêts incontournables, pour le ravitaillement, ou satisfaire leurs besoins naturels.

Voilà un mois que Virginie et lui vivent ensemble. Renaud n'est pas encore en congé, mais les affaires se font plus rares en cette période estivale, ce qui lui donne davantage de disponibilité pour partager les petits plaisirs de la vie avec sa compagne. Virginie pour sa part, prépare plusieurs concours, elle révise les thèmes imposés pour réussir notamment à ceux de la magistrature. Celui pour l'entrée à l'école de Bordeaux, pour exercer les fonctions de Juge ou de Substitut, mais aussi le concours d'entrée au centre régional de formation professionnelle des avocats. Renaud ne lui cache pas sa préférence, qu'elle soit Juge, ou substitut… oui, mais avocat, personne qui tente de faire échouer les enquêtes de police…, non, non et non. Dans ce cas, ce serait désaccords et disputes, et ça entacherait leur excellente relation. Il sait quand même que sa compagne n'en fera qu'à sa guise, et ses propos tiennent plus de son esprit taquin, que d'un réel ostracisme.

Partis ce quinze août à 23 heures, le coffre de l'Audi chargé de leurs effets, et de petits cadeaux pour Annabelle, son mari et surtout les neveux, les amoureux traversent Paris, puis Lyon et enfin rejoignent Mougins le lendemain à 9 h 30. Renaud n'a pas forcément respecté les vitesses autorisées, et Virginie a passé une grande partie du voyage à somnoler, et même dormir.

Il leur est fait un accueil très chaleureux, La famille Libert est heureuse de revoir à fois le frère, le beau-frère, et tonton « nono », trop vite parti l'été dernier. Ils font la connaissance de Virginie, laquelle se montre agréable, et même enjouée, de rencontrer ce petit monde. Les deux journées qui suivent se passent dans la bonne humeur. Virginie découvre la Côte d'Azur, la beauté des paysages, une mer bleutée sous un soleil lumineux, des couleurs chatoyantes propagées par les fleurs des arbres et arbustes régionaux. Seul inconvénient, une surpopulation de vacanciers, et des routes considérablement encombrées. L'ambiance est excellente et tonton « nono » trouve toujours des pitreries pour amuser ses neveux. En aparté, Annabelle complimente son frère sur l'art qu'il démontre toujours, à emballer des femmes très séduisantes, et celle qu'elle a le plaisir de recevoir est franchement une beauté, et de plus une jeune personne cultivée, et intelligente. Elle espère pour lui, que cette fois-ci, il parviendra à la conserver.

Le samedi dix-huit août, en fin de matinée, est le moment du départ pour Saint-Aygulf. Les Libert regrettent amèrement que le séjour du couple fût si court, ils renouvellent leur invitation pour les prochaines vacances.

Les amoureux découvrent le petit studio de Saint-Aygulf. Il n'est pas très grand mais offre l'avantage de disposer d'un petit balcon plein Sud avec un ensoleillement quasi permanent, et une vue directe sur la mer méditerranée. Renaud se souvient très bien du prix qu'il a dû avancer pour louer ce logement d'à peine vingt-quatre mètres carrés, et imagine le fric que peuvent se faire les propriétaires, et agences de ces lieux. Ils ne sont pourtant, ni propriétaires du soleil, ni de la mer, mais ils se les sont octroyés, et le font payer très cher.

Virginie est enchantée, la vue est magnifique, on aperçoit une partie de la plage déjà occupée massivement par des vacanciers. Ils installent leurs affaires, puis se rendent à la terrasse du bar situé au rez-de-chaussée, pour y savourer une boisson rafraîchissante et bienfaisante, sous une chaleur persistante de plus de trente degrés.

Les journées du couple se ressemblent : visites des stations de la côte le matin, avec un repas frugal, sieste crapuleuse dans le studio en début d'après-midi, puis vers seize heures bronzage sur la plage proche de leur logement, plage où il leur est parfois difficile d'y trouver une petite place parmi les viandes presque nues des gens, exposés au soleil dans tous les sens. La séance est souvent courte, car Renaud s'y ennuie vite, et Virginie profite ensuite du balcon pour y parfaire son bronzage, seins nus. Le soir, ils n'hésitent pas à choisir un restaurant en fonction de la carte des menus exposée à l'extérieur, et à déguster sans retenue, les spécialités proposées.

Le retour au studio est accompagné de rires, de baisers fugaces, annonciateurs d'une nuit d'amour torride.

Ainsi, ils ont découvert les villes du golfe de Saint-Tropez : Sainte-Maxime, les ports Grimaud et Cogolin, ainsi que la célèbre commune de Saint-Tropez. Virginie est éblouie par la majesté des yachts de haut de gamme, très luxueux, qui occupent le port, mais aussi par la magnificence des tenues légères des femmes, qui errent dans les rues ou occupent les terrasses des cafés, par les voitures de luxe, cabriolets et décapotables, italiennes ou allemandes qui bordent les trottoirs.

Fille issue d'une famille modeste de Picardie, elle envie ce monde, et aspire un jour à l'intégrer. Malheureusement, Juge ou Avocate, et mariée à un fonctionnaire de police, même Commissaire, ne suffiraient pas à y parvenir, mais nul ne peut l'empêcher de rêver.

Virginie souhaitait faire une étape à Lyon, ville qu'elle ne connaît pas, ce qui n'est pas le cas de Renaud qui la connaît bien par ses passages à l'école des Commissaires qui se situe à Saint-Cyr-au-Mont-D'or, au sein de la banlieue lyonnaise. Ce que sa jeune dame veut, il le veut aussi, et il le fait. Il a donc réservé pour le prochain samedi, une chambre dans un hôtel avec balcon, très proche des berges du Rhône. Ils feront halte le vingt-cinq août dans l'ancienne capitale des Gaules avant de rejoindre la nouvelle capitale des Hauts-de-France.

La veille de leur départ, le couple entreprend de visiter Saint-Raphaël. Partis assez tôt le matin, afin d'éviter un peu les ralentissements inévitables de la circulation, Renaud et Virginie se rendent dans la grande cité toute proche, et ont le plaisir de visiter la vieille ville, et le vieux port. Ils déjeunent ensuite dans une brasserie du port, puis flânent le long des quais. En passant devant une maison de la presse, l'attention de Renaud se porte sur la Une du journal « Var Matin » exposé sur un présentoir. En bas de page, un titre l'interpelle : « L'étrangleur de Lille :

Un suspect en garde à vue ». Perturbé par cette information, il s'empresse d'acheter le journal et se jette sur l'article qui concerne son service.

L'article est assez confus. On ne connaît ni l'identité de la personne soupçonnée, ni son implication dans les différents meurtres. Il est écrit simplement que rien n'est établi, que le Procureur de la République s'est refusé à tout commentaire, hormis que l'homme était entre les mains des hommes de la brigade criminelle de la Sûreté de Lille. Dans l'article, sont sommairement rappelés les dates et les lieux des faits, ainsi que les noms et professions des quatre victimes, dont le plus connu était un écrivain célèbre. La surprise de Renaud se lit sur son visage, ce que constate Virginie :

— Tu as l'air bizarre. C'est cet article qui te trouble, je peux voir moi aussi.

Renaud tend le journal, ouvert à la page concernée.

— Non, je pense au contraire qu'on tient là sans doute, le tueur en série.

Virginie lit attentivement l'article et découvre que Chanerval a été assassiné, et que le dermatologue l'avait été aussi. Pas étonnant qu'elle n'ait jamais eu d'appels de sa part. En dehors de ce Clamens qu'elle ne connaissait pas : L'avocat Pavet, le dermatologue Michalak, et l'écrivain Chanerval étaient ses trois anciens clients, et mécènes, cela la trouble sérieusement.

— Ah ! Ce tueur fou avait aussi tué aussi un dermatologue. Tu ne m'en avais jamais parlé ?

— Tu ne me l'as pas demandé non plus, et de toute manière, tu m'avais dit que tu ne connaissais aucun dermato, alors… quelle importance !

Virginie est troublée par cette information. Michalak aussi… donc Pavet, Michalak et Chanerval. Coïncidence ? Elle parvient difficilement à masquer son émotion.

La discussion s'arrête à ses mots… « tu ne connaissais aucun dermato, alors quelle importance » Mais si elle le connaissait, lui et les deux autres, et pour quelle raison ! … s'il savait !

La fin de l'après-midi consiste en une nouvelle exposition au soleil sur le balcon, la soirée à un dernier dîner dans un restaurant, et la nuit à de nouvelles folles étreintes.

Le lendemain, samedi vingt-cinq vers 9 heures, les clefs sont restituées à une jeune dame de l'agence, venue faire l'état des lieux. Les amoureux peuvent ensuite prendre l'autoroute vers Lyon et rejoindre la chambre réservée à l'hôtel Boscolo. Virginie découvre une chambre décorée avec beaucoup de goût, et design à l'italienne. Une fois de plus, Renaud n'a pas lésiné sur le prix demandé dans cet hôtel cinq étoiles. Il connaît les goûts de sa partenaire pour le luxe, et se fait plaisir, en lui faisant plaisir. Elle est enchantée, se rue sur le balcon et admire la vue panoramique qui est offerte à son regard ébahi. Elle se jette dans les bras de son commissaire, et l'embrasse longuement par un nouveau fougueux ballet de langues.

Ils profitent du beau temps pour visiter le vieux Lyon : la célèbre place Bellecour, la basilique et son esplanade qui offre une large vue sur la ville, et se promener le long des berges du fleuve. Le soir, ce sont les incontournables restaurants « bouchon » qui font l'objet de leur quête, ils finissent par s'arrêter aux « trois mariés ». Un menu incluant des quenelles de brochet est apprécié par les deux convives qui rejoignent leur hôtel tard, après une nouvelle étape dans un bar de la vaste place Bellecour.

Dans la chambre, Virginie apostrophe timidement son compagnon sur les meurtres du vieux Lille :

— As-tu une idée des raisons qui auraient poussé un homme à tuer ces quatre personnes ?

— Pas vraiment, en réalité nous savons seulement qu'ils étaient tous membres du rotary club de Lille, c'est leur seul point commun, ment Renaud au sujet de Clamens.

Une nouvelle nuit chaude, et le lendemain dimanche vingt-six août, les tourtereaux regagnent Lille, et leur logement.

******

Chapitre 14

— Mademoiselle Delmottte, préparez-vous vous êtes demandée au parloir, vous avez une visite, crie une voix.

— Allez Bachira, dépêche-toi, je vais venir te chercher, crie une surveillante derrière la porte.

Bachira ne répond pas. Elle demeure abasourdie. En dehors de son avocate, Maître Valérie Clint, commis d'office, elle n'a vu personne depuis le jour de son incarcération en juin dernier. Elle demeure prostrée et craintive, ne s'attend à rien de bon pour elle. Nous sommes à la fin du mois d'août 2018, et aucun membre de sa famille n'a daigné se rendre au quartier femmes de la prison de Sequedin pour une visite. Sa compagne de cellule, Annie Verlande, intervient :

— Ben ! Bachira, bouge-toi, on va venir te chercher. T'as pas compris, réagis ! T'as une visite.

La jeune femme se lève du lit sur lequel elle était assise, met un peu d'ordre dans sa tenue, et attend devant la porte que la surveillante vienne la chercher. Celle-ci ouvre et lui demande de l'accompagner au parloir. Chemin faisant, Bachira est songeuse, s'interroge. « Qui peut bien venir lui rendre visite ? ». Elle ne compte pas sur son père ou sa mère pour la soutenir. Déjà, quand elle s'était acoquinée encore mineure, avec ce voyou de Kévin, elle avait été rejetée. Alors maintenant

« taularde », ils ne risquent pas de changer de comportements vis-à-vis d'elle. Alors qui ?

À peine la porte franchie, elle l'aperçoit. Il est là, assis à une petite table et l'observe. Il se lève, s'approche d'elle, l'embrasse sur les deux joues et l'invite à s'asseoir en face de lui. Charles Duroi n'a pas oublié la jeune femme. Il se souvient bien des relations qu'il avait eues avec elle. Bachira n'en revient pas, elle est tout émue, quelques larmes perlent sur ses joues encore plus roses que d'habitude. Sa première visite : Charles, lui, le tonton pense encore à elle. Bachira reste silencieuse, elle ne sait que dire, elle attend qu'il prenne la parole.

— Comment vas-tu Bachira ? Tu supportes bien ? Tu sais, je n'ai pas pu venir avant, j'ai été hospitalisé. Cancer… voilà, on m'a dit, cancer du côlon. Je subis des séances de chimio au centre hospitalier.

— Cancer ? Alors tu vas mourir ? S'inquiète la jeune femme.

— Non. Enfin pas tout de suite. Je suis bien soigné, tu sais. Mais toi ? As-tu besoin de quelque chose, je viendrai te voir plus souvent si tu veux.

— Oui, je veux bien que tu viennes, enfin si tu veux. Mon Avocate m'a dit que je ne resterai pas longtemps en prison. Les gens qui étaient là dans l'appartement lorsque j'ai tiré, ont témoigné tous pour moi à la police, ils ont été très gentils.

— C'est une bonne chose s'ils ont témoigné en ta faveur. Moi-même j'ai été interrogé par les flics sur vos personnalités. Je leur ai bien dire que Kévin n'était qu'un petit salaud. C'était mon neveu, mais c'était quand même une belle ordure. Je sais qu'il te battait. Je le répéterai à la barre.

Il s'ensuit une discussion au cours de laquelle, Bachira apprend que Léontine a été virée de l'appartement, Charles quant à lui avait repris le travail après trois mois de congé maladie. Charles lui fait comprendre qu'à sa sortie, si elle ne sait pas où aller, elle sera bien accueillie chez lui, mais qu'ils ne pourront plus avoir les mêmes relations. Il est malade, et beaucoup trop âgé. Ce sera le moment pour elle de se trouver un homme de son âge, ou un peu plus âgé. Un homme gentil et attentionné, en fait tout le contraire de Kévin.

Charles tend ensuite un petit colis à Bachira :

— Tiens je t'ai apporté quelques bricoles, des gâteaux, des friandises, des bandes dessinées. Ne fais pas attention, le contenu a été tout retourné. Les gardiennes l'ont fouillé. On ne sait jamais, je t'avais peut-être apporté une arme, sourit l'oncle qui ajoute :

— Et, il y a un téléphone portable, c'est pour toi.

— Un téléphone portable pour moi ? Mais comment je vais faire ? déclare Bachira, tout étonnée.

— J'ai pris un abonnement à ton nom, le moins cher. Mais tu peux envoyer des textos tant que tu veux, et téléphoner pendant deux heures. Tu as le droit. Tu verras, c'est facile. Ainsi, si tu as besoin de quoi que ce soit, tu m'appelles. Il faudra le charger… Ça ira ?

Bachira manipule maladroitement l'appareil. Rien n'apparaît sur l'écran. Elle s'en étonne. Charles lui rappelle que le mobile a besoin d'être chargé pendant deux heures environ.

La jeune femme réfléchit, regarde le tonton droit dans les yeux, puis l'enlace en pleurant de nouveau, en répétant des remerciements à foison. Elle rassure son donateur :

— Annie en a un, elle m'expliquera comment ça marche. Je suis contente.

— Qui est Annie ?

— On partage la même cellule. C'est maintenant, mon amie. Elle est plus vieille que moi, et elle est très gentille.

Sur ces mots, et sur injonction de la surveillante, Charles et Bachira s'embrassent une dernière fois avant de se quitter. La détenue regagne sa cellule avec un grand sourire, son colis sous le bras.

Elle rejoint sa codétenue. Celle-ci est ravie de la retrouver de bonne humeur.

Annie Verlande est elle aussi en détention préventive. En tant que complice de son mari détenu dans le quartier homme, elle doit être jugée prochainement pour d'importantes malversations financières. Elle espère une peine allégée, car finalement, elle n'avait fait que taire les combines de son époux, mais avait largement profiter de l'argent indûment détourné.

Annie a pris Bachira sous son aile. Elle l'aide dans ses démarches, lui apprend à mieux lire, et mieux écrire, et lui explique quelques principes de base de la vie en société. Finalement, Bachira retient assez bien les leçons de vie inculquées par sa codétenue. En dehors de cela, elle est inscrite à des cours de français donnés par une détenue enseignante, trois fois par semaine, et participe à la fabrication de nichoirs à oiseaux de toutes sortes, destinés aux parcs des Ehpad, et ainsi agrémenter le séjour des personnes âgées par la présence de divers volatiles aux chants mélodieux. Ce petit boulot lui procure un modeste petit pécule accumulé pour sa sortie de prison.

Les visites de Charles Duroi sont régulières, les appels téléphoniques aussi, jusqu'au jour où elles devinrent inexistantes. Bachira eut alors la douleur d'apprendre le décès du tonton.

Par la suite, jugée coupable de la mort de Kévin Gorski par arme à feu, sans intention de la donner, elle fut condamnée à trois ans de prison, dont deux avec sursis, notamment grâce aux déclarations largement en sa faveur, des témoins des faits cités à la barre. Ayant accompli une grande partie de sa peine ferme, elle sortit en mai 2019 et grâce à une assistante sociale, fut acceptée dans un Centre d'Hébergement et de Réinsertion Sociale de Lille. Elle hérita du livret A de Charles, qui l'avait désignée comme unique héritière, avec une somme de huit-mille-quatre-cents euros.

******

Chapitre 15

Le commissaire Bartoli n'est pas trop rassuré de savoir qu'un homme a été arrêté par ses collègues. Ne voulant pas donner l'impression de brusquer les choses, il se contraint d'attendre le lundi pour prendre connaissance de toutes les affaires survenues pendant son absence. Ce dimanche vingt-six août, depuis 7 heures du matin, Renaud traîne nonchalamment en robe de chambre dans son appartement du Parvis-Saint-Maurice, allant de la cuisine à la salle, puis inversement. Entre la préparation du café, et les actualités qu'il surveille d'un œil attentif, sur une chaîne d'info de son téléviseur, il franchit la porte laissée ouverte entre le salon et la cuisine de multiples fois. En fait, il tend l'oreille et attend que les journalistes évoquent l'arrestation du présumé étrangleur.

Effectivement, l'affaire est évoquée au début d'un nouveau flash. Cependant, aucune information supplémentaire n'est communiquée. Bien que, harcelé vivement par les reporters, le Procureur de la République demeure évasif, et persiste à annoncer qu'il n'y avait rien de nouveau, que l'enquête avançait, mais sans avouer dans quelle mesure. Il démontre même un réel agacement face aux insistances exagérées de certains journalistes. En conséquence, Renaud Bartoli n'en sait pas plus que l'article lu dans « Var matin », ce dernier vendredi.

Sa bien-aimée dort encore. La veille, épuisée par le voyage, elle s'était écroulée dès 21 heures dans le lit, et s'était endormie aussitôt. La nuit fut plus courte pour lui, l'esprit envahi par la gamberge. Les policiers de la brigade criminelle, dont il connaît leur qualité en investigation, et leur professionnalisme, vont-ils faire endosser à cet homme en position de garde à vue, la totalité des crimes commis dans le vieux Lille ? Il avait tout fait pour qu'il en soit ainsi, mais en espérant surtout qu'aucune personne ne soit identifiée. Il n'y avait pourtant aucun indice, aucune trace, aucun témoin, de nature à orienter les recherches, à la suite de l'assassinat de Jean-Philippe Clamens, le DRH des transports « biglorry ». Les enquêteurs du crime étaient bredouilles, et l'étaient encore jusqu'à cette fin du mois d'août. Alors qui est cet homme placé en position de garde à vue ? Bartoli a hâte de savoir. Il faut pourtant qu'il attende son jour de reprise, ce lundi 27 août en retenant son empressement sur l'affaire. Il pourra se renseigner lors du briefing matinal, auprès du commandant Bernier avec mesure, de la même manière qu'avec les affaires de stup, de mœurs, de voie publique auprès des autres chefs de brigade.

À la suite de ce long moment de réflexion assis devant un bol de café devenu froid, Renaud se décide à rejoindre le cabinet de toilette, se raser, et prendre une douche. Il enfile ensuite un jean et une chemise, se chausse et sort dans la rue en direction du bureau de tabac le plus proche, où il est sûr de trouver des journaux. Il achète plusieurs journaux régionaux et locaux, même ceux de la veille, s'installe à la table d'un bar voisin, commande un café, puis parcourt nerveusement les articles relatifs à l'arrestation d'un homme dans le cadre des crimes commis dans le vieux Lille.

Il n'y découvre rien de nouveau. Les journalistes locaux n'en savent pas plus que ceux du Var, ou ceux des flashs télé. Dubitatif, il rejoint d'un air songeur son logement.

Sa belle dort encore. Il est pourtant passé 11 heures. En poussant doucement la porte de leur chambre, il l'aperçoit, nue par-dessus les draps, sur le côté en « chien de fusil », le genou plié et écarté. Cette image efface d'un coup toutes ses interrogations, et n'y tenant plus, il se déshabille à la hâte, et vient se blottir derrière sa compagne, le sexe plaqué contre ses fesses.

Virginie se réveille, analyse vite la situation, et offre ses fesses d'une position plus pratique à son amoureux. Une nouvelle cavalcade amoureuse vient de commencer.

Virginie décide ensuite de prendre un petit-déjeuner copieux et de passer outre le déjeuner. Renaud ne s'en prive pas, à 13 heures, il engloutit un steak avec haricots verts et frites au four, préparé par sa dulcinée. Ce dimanche après-midi, le soleil illumine la région. D'un commun accord, ils décident de prendre l'air par une bonne promenade au jardin Vauban.

La journée s'achève par un dîner en brasserie, une séance de ciné, et un dernier câlin.

******

Il est 8 h 30. Le Commissaire Bartoli est assis à son bureau. Il attend les chefs de brigade pour le briefing matinal. Chacun est invité à faire un compte-rendu sommaire de l'activité de son groupe pendant l'absence du chef. Volontairement, Bartoli évite de commencer pas la « crime », comme si les meurtres du vieux Lille n'avaient pas la priorité. Après avoir entendu les responsables des autres brigades, le commissaire s'adresse enfin au Commandant Gérard Bernier :

— Commandant, dites-moi, j'ai lu qu'un homme est en garde à vue chez nous pour les assassinats du vieux Lille ?

— Était en garde à vue, était ! On le présente au Juge d'instruction ce matin, il a reconnu les faits.

— Très bien, beau travail commandant, nous en avons enfin fini avec tous ces assassinats. Bien ! autre chose ?

— Il a reconnu un meurtre, celui de Clamens, le premier, pas les trois autres, rectifie le commandant.

— Comment cela ? Il est bien gaucher ? Et les crimes ? Tous à peu près au même endroit ? Toujours le vendredi ?

Bernier confirme que l'homme, nommé, Marc Gresillon, est effectivement gaucher. Il a tué le DRH car celui-ci avait, un an auparavant, outrageusement harcelé son épouse. Avec des mots très crus, et des gestes inconvenants, le pervers, tel que l'a cité la femme du meurtrier, la persécutait et exigeait une relation sexuelle. Madame Gresillon, employée dans les bureaux de son service depuis trois ans, s'était catégoriquement refusée à lui, de façon brutale. Clamens avait alors inventé un prétexte pour la licencier pour faute professionnelle grave. L'employée était tombée dans une totale dépression, et avait même tenté de mettre fin à ses jours. Gresillon voulait venger sa femme, il avait épié, puis coincé Clamens qui revenait d'une soirée, l'avait forcé à s'arrêter dans Lille, dans une rue qu'il ne connaissait pas vraiment, et l'avait assassiné, comme on le sait : par étranglement dans sa voiture. Il s'était muni de gants et d'un masque pour ne pas laisser de traces. Il avait ensuite volé le portefeuille de sa victime pour faire croire à l'acte d'un voyou voleur. On a donc résolu non pas quatre, mais un seul crime.

— Il a forcément exécuté les trois autres. Les procédés sont pourtant identiques, questionne Bartoli.

— Non, impossible, il a un alibi irréfutable pour chacun des trois. Cet homme est chauffeur routier international pour la société de logistique « biglorry ». Le soir de la mort de l'avocat, il était à Cracovie en Pologne, pour l'assassinat du dermatologue, il était à Graz, en Autriche, et pour l'écrivain ; Chanerval, il était au centre hospitalier, où il venait d'être opéré, la veille, d'une hernie discale. Tout a été scrupuleusement vérifié par mon équipe, Gresillon est hors de cause pour les trois autres meurtres. Tout reste à faire pour les trois autres, et nous n'avons aucune piste.

— Bien, alors on continue, et s'adressant à tous

— C'est tout ?

— Non, Commissaire, je pars en retraite le 31 août, c'est ce prochain vendredi. Mes hommes organisent un pot à cette occasion dans la salle de réception, j'ai invité le Commissaire central, et tous les hommes et femmes de la Sûreté. Vous n'étiez pas au courant, cela a été préparé pendant votre absence. Je vous y invite. Votre présence, la présence de mon dernier chef, sera pour moi un immense plaisir.

— Et bien, le plaisir sera partagé, je ne manquerai cela pour rien au monde.

La petite réunion de travail s'achève. Bartoli s'apprête à gagner le bureau du Commissaire central pour un nouveau point sur la situation du moment en général.

À la sortie de son bureau, il est interpellé par le lieutenant Omar Slimani :

— Bonjour, Monsieur le Commissaire. Je suis chargé de la collecte pour le cadeau du Commandant. Vous participez ?

— Bien sûr, avec plaisir. Vous avez une idée ? Tenez, dit Bartoli en tendant un billet de cinquante euros.

— Pas précisément, on sait que c'est un passionné d'ébénisterie. On s'oriente vers un outillage top. On s'est renseigné auprès d'un spécialiste. On aimerait aussi que vous prononciez quelques mots à cette occasion, c'est possible ?

— Pas de problème, j'avais prévu cela. Merci lieutenant.

******

La salle de réception est bien remplie. Bernier a fait venir son épouse pour cette occasion, et tous les membres de la Sûreté, secrétariat inclus, sont présents. Hommes et femmes discutent dans un brouhaha continu. Les bouteilles de champagne et de jus de fruits, ainsi que des petits pains garnis et autres amuse-gueules, ont été également répartis sur les tables. Un micro posé sur une petite estrade domine l'assistance.

Le Commissaire central, accède à l'estrade, tape sur le micro et demande le silence.

Ses mots sont éloquents, il évoque la carrière du Commandant Bernier qui ne reçoit que des compliments. Son discours entraîne des applaudissements convenus. La parole est ensuite donnée au Commissaire Renaud Bartoli. Celui-ci évoque surtout la personnalité du tout futur retraité : homme intègre, droit, aimé et respecté par tous les membres de son groupe, un homme qui privilégie l'autorité naturelle. Il met en exergue aussi son obstination, sa détermination à identifier les coupables. Un flic qui ne se résout jamais à l'échec. Bartoli dit aussi son plaisir d'avoir eu cet homme comme collaborateur, et se désole de perdre un Officier de cette qualité, un chef de cette valeur.

Une salve d'applaudissements salue le discours du Chef de la Sûreté.

L'honoré du jour prend à son tour la parole, dit tout le bien qu'il pense de ses équipiers, toute la reconnaissance qu'il doit à sa hiérarchie, sa fierté d'avoir avec ses hommes, résolu de nombreuses affaires, mais aussi son regret de terminer par un échec, ne pas avoir pu élucider les trois derniers crimes connus de tous. La salle le rassure en doublant les applaudissements, les cadeaux lui sont offerts, un énorme bouquet de fleurs est remis à son épouse.

C'est ensuite un lâcher de flics vers les tables où sont servis les coupes et les verres. Les groupes se forment, l'ambiance est chaleureuse.

Quelques instants plus tard, le Commandant Gérard Bernier s'approche un verre à la main, du Commissaire Renaud Bartoli, et exprime son souhait de trinquer avec lui. Les deux hommes échangent des propos aimables. La bonne humeur est partagée quand d'un coup, le Commandant glisse à l'oreille de Bartoli :

— Il faudrait que je vous parle en aparté quelques minutes, dans la petite salle d'à côté, si vous voulez bien.

Bartoli est étonné, mais accepte la proposition, et les deux hommes s'éclipsent en douce dans un bureau voisin. La porte est refermée derrière eux par le Commandant.

— Vous savez Commissaire, je n'aime pas du tout l'échec. Vous l'avez rappelé dans vos propos. Je prends aujourd'hui même ma retraite mais je crois que finalement, sans cette obligation, j'aurais pu identifier l'auteur des trois autres crimes.

— Comment cela, Commandant, vous avez des éléments nouveaux ?

— Oui, je crois, et je suis le seul à les connaître.

— Ah ! et lesquels ? commence à s'inquiéter le Commissaire.

Gérard Bernier prend son temps, reprend quelques gorgées du verre qu'il avait emporté, prend un air mystérieux puis, après un court silence, se lance :

— L'homme qui a tué Pavet, Michalak et Chanerval n'est pas un gaucher, il a voulu se faire passer pour un gaucher. Cet élément n'était pas paru dans les médias à la suite du meurtre de Clamens. Seule une personne proche de l'enquête pouvait le savoir. D'autre part, Chanerval, l'écrivain, a été frappé à la nuque, côté droit, près de la tempe. Un gaucher aurait atteint sa victime de l'autre côté. N'est-ce pas ?

— Oui, et alors ?

— Sur réquisition bancaire, j'ai appris que sa carte avait été utilisée dans un bar, un peu avant sa mort ; Un bar douteux nommé « soif de lapin », vous connaissez ? J'y suis allé seul. La patronne et une employée m'ont donné le signalement des clients, l'un d'eux vous ressemble beaucoup, mais c'est une simple coïncidence, n'est-ce-pas ?

— Bien sûr, je ne connais pas cet établissement, je n'y ai jamais mis les pieds.

— D'autre part, j'ai moi-même exploité le contenu des portables des quatre victimes. En dehors de Clamens, les trois autres ont dans leur répertoire des contacts communs, surtout de membres du Rotary Club, d'amis, de clients ou patients, mais aussi une femme. Oui une même femme, nommée différemment selon l'un ou l'autre, mais avec le même numéro de portable. Ce numéro est celui de Virginie Delattre, votre compagne. Vous vivez bien avec elle ?

— En effet, c'est mon amie, et nous envisageons de nous marier.

— Vous le savez certainement, je ne vous apprends rien, j'en suis sûr. Elle s'était prostituée comme d'autres étudiantes, c'est devenu assez courant de nos jours. La vie est dure pour les jeunes gens. Tout est tellement difficile, et cher surtout. Ces trois messieurs étaient ses clients : l'Avocat, Maître Gérard Pavet, le Dermatologue, le docteur Ludwyk Michalak, et l'Écrivain, Philippe Chanerval, et ça aussi vous le saviez, n'est-ce pas ?

— Où voulez-vous en venir ?

Gérard Bernier tente de retremper une nouvelle fois ses lèvres dans sa coupe et se rend compte que son verre est vide, fait mine de le regretter et reprend :

— Mince, il va falloir qu'on aille refaire le plein. Mon verre est vide, vous venez Commissaire. Vous m'avez très bien compris, je le sais, mais n'ayez crainte, je suis en retraite, je n'enquêterai plus jamais, et les éléments que je viens d'évoquer, je suis le seul, je dis bien le seul à les connaître.

Mais vous savez, la jalousie est un sale et vilain défaut, il faut savoir le maîtriser. On y va ?

Les deux hommes rejoignent la salle commune. Personne ne s'est rendu compte de leur absence. Le brouhaha est toujours intense puis s'atténue. C'est après une heure de cette conviviale cérémonie que les convives quittent la salle progressivement. Il ne reste plus que quelques personnes.   Bartoli s'approche de Bernier pour le saluer. Tout en lui serrant longuement la main, il le félicite de nouveau :

— Commandant, vous êtes un flic remarquable, un enquêteur de très haut niveau, je suis heureux de vous avoir connu, et je vous souhaite une bonne et heureuse retraite avec votre épouse.

— Merci Commissaire, soyez-en sûr, pour moi les enquêtes, c'est définitivement terminé, je vais travailler le bois, et profiter enfin de voyager un peu avec ma femme.

******

Renaud Bartoli quitte le commissariat et retrouve Virginie en train de bouquiner sur le canapé du salon. Elle le trouve calme, pensif, et assez pâle, au point qu'au moment du dîner, elle lui demande s'il se sent bien.

Plus tard dans le lit, les deux amants s'enlacent. Virginie s'aperçoit que malgré ses caresses, son compagnon ne parvient pas à avoir la moindre érection. Elle s'en étonne, cela ne lui est jamais arrivé. Elle finit par éteindre la faible lumière émise par la lampe de chevet, et à s'endormir, laissant Renaud, pensif, les mains derrière la nuque, les yeux dans le vague. Il pense :

« Pourquoi n'a-t-il pas volé et détruit les téléphones portables de ces trois sales types, pourquoi a-t-il bêtement assommé Chanerval côté droit ? Il a commis des erreurs, mais qu'est-ce qu'il a été con ! Et Gérard Bernier ? Va-t-il s'en tenir à ses promesses ? Et les collègues du Commandant retraité ? Ne vont-ils pas un jour découvrir les mêmes éléments ? Et Virginie, l'amour de sa vie, qu'il vient de délaisser, impuissant, que va-t-elle penser ? Va-t-elle un jour douter de lui ? Et lui, si tout ça se sait, ne passerait-il pas pour le magnifique cocu de la Police ? ».

Il va falloir qu'il gère tout cela, tant sur le plan professionnel, qu'intime. Ne jamais laisser le doute s'installer chez l'une ou chez les autres. Le secret, et le secret pour toujours, il en va de son honneur.

(« *Il y a dans la jalousie plus d'amour-propre que d'amour* » : *François de La Rochefoucauld.*)

Depuis Saint-Valery-sur-Somme, lieu de leur toute première relation amoureuse et charnelle, c'est la première fois que le matelas est épargné des fortes secousses d'un torride rapport sexuel, entre les deux amants.

Imprimé en Allemagne
Achevé d'imprimer en Septembre 2020
Dépôt légal : Septembre 2020

Pour

Le Lys Bleu Éditions
83, Avenue d'Italie
75013 Paris